Bianca™

Kate Walker
Un sueño fugaz

Editado por HARLEQUIN IBÉRICA, S.A.
Núñez de Balboa, 56
28001 Madrid

I.S.B.N.: 978-84-9010-224-4
Depósito legal: B-41400-2011
Editor responsable: Luis Pugni
Fotomecánica: M.T. Color & Diseño, S.L. Las Rozas (Madrid)
Impresión en Black print CPI (Barcelona)
Fecha impresion para Argentina: 13.8.12
Distribuidor exclusivo para España: LOGISTA
Distribuidor para México: CODIPLYRSA
Distribuidores para Argentina: interior, BERTRAN, S.A.C. Vélez
Sársfield, 1950. Cap. Fed./ Buenos Aires y Gran Buenos Aires,
VACCARO SÁNCHEZ y Cía, S.A.
Distribuidor para Chile: DISTRIBUIDORA ALFA, S.A.

Capítulo 1

LA CARTA estaba donde la había dejado la noche anterior, en el centro de la mesa. Exactamente en el centro de la superficie de roble pulido; directamente delante del sillón, para evitar la posibilidad de que olvidara su existencia.

Sólo tenía que sacar el documento, firmarlo, meterlo en el sobre con la dirección del remitente y enviarlo.

Pero hasta ese momento, hasta que ejecutara el rápido y resuelto trazo de su firma en un par de segundos, no pasaría nada de nada. La carta seguiría allí, intacta, esperando a que tomara una decisión.

Y nadie, ninguna otra persona, la cambiaría de sitio.

A fin de cuentas, Pietro no había dedicado media vida a conseguir un grupo de empleados excelentes, que habrían sido la envidia de cualquier hombre, para que no hicieran las cosas bien. Empleados que, además de obedecer todas sus órdenes, se anticipaban a ellas y sabían lo que quería y cuándo lo quería.

La carta seguiría allí. Nadie haría nada hasta que él diera la orden. Sólo entonces, se llevarían a cabo sus instrucciones.

Había establecido un método de trabajo tan perfecto que Pietro sólo se acordaba de él cuando algo fallaba. Y era tan extraño que algo fallara, que no era capaz de recordar la última vez que había sucedido.

Su mundo estaba bajo control. No habría permitido otra cosa. Desde su punto de vista, la falta de control, la pasión de las emociones, estaban necesariamente asociadas a la confusión y al caos. A un tipo de confusión y de caos que no quería volver a sufrir jamás.

–*Dannazione!*

Al soltar la maldición, golpeó la mesa con la palma de la mano. El sobre saltó ligeramente y cayó un par de centímetros más a la izquierda que antes.

Pietro conocía el tipo de caos que podía surgir de la pérdida del control. Una vez, sólo una vez, había cometido el error de dejar que la pasión dominara su vida y se llevara por delante la organización y la racionalidad que tanto apreciaba. Había aflojado las riendas y había perdido el control. Con resultados catastróficos.

Pero no iba a repetir la experiencia. Con una vez, tenía bastante.

Y todo, por culpa de una mujer.

Sus ojos azules se volvieron a clavar en la carta de la mesa. Sentía el deseo de alcanzarla, estrujarla y dejarse llevar por la rabia que inundaba sus venas.

Querida señorita Emerson...

Emerson ya no era su apellido; pero Pietro no habría permitido que su secretaria escribiera *Querida principessa D'Inzeo* o, peor aún, *Querida Marina*.

Daba igual que las dos fórmulas fueran correctas y que las dos le hicieran un nudo en la garganta cuando las intentaba pronunciar.

Además, odiaba que el apellido de su familia, D'Inzeo, estuviera asociado a una mujer que se había separado de él un año después de la boda y que se había marchado sin molestarse en mirar atrás.

Marina. El simple hecho de pensar en su nombre bastó para desatar una cascada de imágenes de la voluptuosa pelirroja a la que había conocido en una calle de Londres, cuando sus coches chocaron.

El impacto de su cuerpo lleno de curvas y de sus ojos verdes y ligeramente avellanados, como los de un felino, fue inmediato. Cuando salieron de sus vehículos para llenar los partes de las compañías aseguradoras, Pietro alargó el proceso tanto como pudo y, al final, consiguió que Marina aceptara tomar una copa con él.

La copa se transformó en una cena y la cena, en una relación que terminó en boda.

Lamentablemente, su corto matrimonio había sido un desastre total, una mancha que perturbaba la conciencia de Pietro.

Se habían amado con una pasión abrumadora. Pero él jamás habría imaginado que aquel deseo acabaría tan mal, ni que la nueva vida que empezaba con ella implicaría la muerte de todo lo que había planeado para su futuro.

En cualquier caso, su relación con Marina era un asunto sin resolver; un problema que pedía a gritos un acuerdo firmado, sellado y perfectamente oficial.

Por eso había escrito la carta.

Pietro se pasó las manos por su cabello, de color negro, y miró la carta con tanta intensidad que las palabras se difuminaron hasta perder su definición.

Eso era lo que quería.

Quería ser libre de la mujer que había destrozado su vida y que ni siquiera lo había amado. Quería la oportunidad de cerrar la puerta de una época amarga de su pasado, de superarlo definitivamente para poder seguir con su existencia.

Pero si era verdad que lo quería, su comportamiento resultaba absurdo. Sólo tenía que meter la carta en el sobre y enviarlo. Y en lugar de eso, se dedicaba a dudar y a dar vueltas y más vueltas al asunto.

Ni siquiera se había tomado el tiempo necesario para pensarlo. Quería que se hiciera ya, inmediatamente. Quería quitárselo de encima de una vez por todas.

Por fin, alcanzó la carta y la pluma plateada que había estado junto a ella, esperando el momento.

Su relación con Marina estaba a punto de terminar. Pietro volvería a ser libre.

Firmó al final de la página, con tanta fuerza que le faltó poco para romper el papel.

Ya estaba hecho.

Después, dobló el papel cuidadosamente y lo introdujo en el sobre que su secretaria había preparado.

–¡Maria! –dijo en voz alta, para que lo oyera desde su despacho–. Por favor, envía esta carta a la dirección del sobre. Quiero que lo reciba tan pronto como sea posible.

Pietro necesitaba estar seguro de que el sobre llegaría directamente a manos de Marina, para que no hubiera ningún error. Así, sabría que lo había recibido y los dos podrían seguir adelante con sus vidas.

Los dos. Porque Pietro estaba absolutamente seguro de que ella lo deseaba tanto como él.

La carta estaba donde la había dejado la noche anterior, en el centro de la mesa de la cocina. Exactamente en el centro de la superficie mellada de madera de pino; directamente delante de la silla, para evitar la posibilidad de que olvidara su existencia.

Marina sabía que debía leerla otra vez y que esta vez debía leerla de verdad, tranquilamente, sin pasar a toda prisa sobre las líneas escritas por Pietro, tan afectada por ellas que no lograba asumir sus implicaciones.

Había llegado por mensajero la noche anterior. La sorpresa de ver el nombre de su esposo en el remite le impidió concentrarse en la carta; las palabras bailaban ante sus ojos y se oscurecían mientras intentaba entender. Pero más tarde, cuando la leyó de nuevo, la entendió perfectamente.

Sin embargo, no supo lo que debía sentir al respecto. Pensó que sería mejor que se acostara y que lo volviera a intentar al día siguiente, cuando hubiera descansado y pudiera pensar con más claridad.

—¿Descansado? Bah —se dijo.

Alcanzó la cafetera, la llenó y la puso al fuego. No había logrado descansar. Se había pasado la noche dando vueltas, haciendo esfuerzos inútiles por borrar las imágenes y los recuerdos del pasado que se formaban en su mente.

No sirvió de nada. Las imágenes y los recuerdos seguían allí y se llenaban con el contenido de la carta, volviéndose cada vez peor.

Al final, sólo logró dormir un poco. Y tuvo pesadillas.

Ahora estaba tan agotada que necesitaba un café doble antes de volver a leer la carta de Pietro. Pero ni siquiera la había alcanzado cuando el teléfono sonó de repente y la sobresaltó hasta el punto de que derramó el café.

–¿Dígame?

–Hola, soy yo.

En su desconcierto, Marina no fue capaz de reconocer la voz.

–¿Quién eres?

–¿Quién voy a ser? Stuart, claro –contestó con extrañeza.

A Marina no le sorprendió que se extrañara. Había conocido a Stuart en la biblioteca local, donde trabajaba como bibliotecaria. Stuart no había hecho el menor esfuerzo por disimular que se sentía atraído por ella, y su voz le resultaba tan familiar que debería haberla reconocido al instante. Pero como las imágenes de Pietro se acumulaban en su mente, esperaba oír la voz de su marido.

–Lo siento, Stuart. Estoy algo dormida. ¿Qué quieres?

–Se me ha ocurrido que podríamos hacer algo el fin de semana.

–¿Hacer algo?

Miró la carta y pensó que Stuart podía ser lo que necesitaba. Era atractivo, amable y encantador. Pero se dijo que no tenía derecho a salir con él, que no se podía interesar por otro hombre cuando seguía legalmente casada con Pietro.

–Lo siento, Stuart. Me temo que voy a estar fuera una temporada.

–¿Te vas de vacaciones?

–No, no exactamente.

Marina no quiso decir que iba a ver a su marido. Se llevaba bien con Stuart y había considerado la posibilidad de mantener una relación con él, pero todavía no le había explicado que estaba casada.

De algún modo, se las arregló para responder al interrogatorio de Stuart con evasivas. Y mientras contestaba, seguía pensando en la carta.

Por fin, Stuart cortó la comunicación. Aunque no sin antes dejar bien claro que su actitud le había molestado bastante.

Marina maldijo a Pietro para sus adentros. No había dado señales de vida en dos años y ahora, cuando volvía a establecer contacto, provocaba que todo empezara a salir mal. Pero quizás estaba exagerando. Quizás había leído mal la carta.

Minutos después, supo que no estaba exagerando. Además de reaparecer de repente tras dos años de silencio, Pietro volvía a ser el hombre controlador y dictatorial de costumbre. En su carta, no le rogaba que fuera a verle a Palermo. Se lo ordenaba.

Pietro parecía creer que sólo tenía que chasquear los dedos para que ella saltara como una mascota.

Llevamos casi dos años separados. Esta situación ha ido demasiado lejos. Es hora de resolverlo.

–Y que lo digas –murmuró Marina.

En el fondo de su corazón, Marina siempre había sabido que aquel momento llegaría, que era la consecuencia inevitable de su separación por mucho que hubiera intentado olvidar el pasado y la humillación que sintió al saber que Pietro no la amaba.

A decir verdad, le sorprendía que hubiera tardado tanto. Pero a pesar de ello, había albergado una sombra de esperanza. Una esperanza que se desvaneció con la carta de Pietro.

Es absolutamente necesario que vengas a Sicilia. Debemos discutir los términos de nuestro divorcio.

El tono de su carta era muy parecido al que había usado con la carta que le envió dos años antes, cuando Marina se marchó para poner fin a la miseria de aquel matrimonio sin amor. Sólo había una diferencia: que entonces le ordenaba que volviera a Sicilia para retomar su puesto de esposa y ahora le ordenaba que volviera para que dejara de serlo.

Habían pasado dos años y aún le resultaba doloroso.

Marina había creído que tenía todo lo que podía desear. Tenía un marido al que adoraba y estaba esperando un bebé. Pero luego, el destino se burló de ella y se lo quitó todo. Perdió el bebé, perdió a su marido y, al final, se quedó sin fuerzas para seguir soportando la desolación de su matrimonio.

Por suerte, ya no era la misma de antes. Ya no se iba a dejar manipular por el príncipe D'Inzeo. Los dos años transcurridos desde la separación la habían convertido en una mujer mucho más fuerte.

Buscó su bolso y sacó el teléfono móvil.

No tenía forma de saber si el número de Pietro seguía siendo el mismo, pero le dio igual. Escribió un mensaje tan deprisa como pudo:

¿Por qué tenemos que vernos en Sicilia? Si quieres hablar conmigo, ven tú.

Después, envió el mensaje con una sonrisa de satisfacción, dejó el teléfono en la mesa y volvió a alcanzar la taza de café.

Apenas había tenido tiempo de echar un trago cuando sonó un *bip* y llegó la respuesta de Pietro, que no podía ser más sucinta: *No.*

Marina lo maldijo y envió otro mensaje.

¿Por qué no?

La contestación de Pietro fue algo más larga.

Porque estoy ocupado.

Ella apretó los dientes y contraatacó:

¿Crees que yo no lo estoy?

En esta ocasión, no hubo respuesta. La pantalla del teléfono permaneció inalterada y no se oyó ningún sonido.

Marina frunció el ceño, extrañada. Pietro no era

un hombre que se rindiera así como así. En realidad, Pietro no se rendía nunca.

Segundos después, sonó otro *bip*.

El avión ya está preparado. Te recogerá un coche dentro de una hora.

Ella no esperaba esa salida, pero se negó de todas formas.

No.

Y él volvió a insistir.

En 58 minutos.

No.

En 57.

¡He dicho que no!

Marina supo que estaba perdiendo la batalla, pero siguió luchando. No era una marioneta que bailara al son de Pietro mientras él movía las cuerdas a su antojo.

¿Quieres el divorcio? ¿O no?

Ella se hizo la misma pregunta. En ese momento, era lo que más deseaba. Cinco minutos de mensajes cruzados con el príncipe D'Inzeo habían bastado para que quisiera quitárselo de encima tan pronto como fuera posible.

Por lo visto, necesitaba que le recordara lo autocrático y dominante que podía llegar a ser. Nunca le habían importado las necesidades ni los sentimientos de los demás.

Por supuesto que lo quiero, respondió.

Pues ven a Sicilia. El coche llegará en 55 minutos.

Marina se preguntó por qué estaba discutiendo con Pietro. A fin de cuentas, tenía razón. Ya era hora de que pusieran fin al desastre de su matrimonio, de que terminaran con él y lo metieran en el cajón de los grandes errores.

Podía imaginar su reacción de sorpresa cuando viera que aceptaba su proposición. Pero decidió hacerle esperar y subió a la habitación para hacer el equipaje.

El teléfono volvió a sonar al cabo de un rato.

Trae a tu abogado.

Marina frunció el ceño. Debía de ser una broma. Los hombres como Pietro D'Inzeo tenían bufetes de abogados a su disposición permanente, pero los seres humanos normales, como ella, no se encontraban en ese caso.

Al mismo tiempo, la frase de Pietro le provocó un escalofrío. Su tono dictatorial estaba allí, tan perfectamente claro que en esas cuatro palabras que casi pudo oír la voz de su marido con su bello acento siciliano.

Al parecer, Pietro daba por sentado que el divorcio sería complicado. Seguramente creía que intentaría sacarle hasta el último penique que pudiera.

Sin embargo, se iba a llevar una decepción. Sólo quería divorciarse de él para recuperar su libertad y seguir con su vida. No quería ni una pequeña parte de su fortuna, aunque Pietro estaba convencido de lo contrario porque, a fin de cuentas, no habían firmado un acuerdo prematrimonial.

Marina ardía en deseos de verle la cara cuando comprendiera que también se había equivocado con ella en ese aspecto.

Alcanzó el teléfono otra vez, escribió dos palabras y las envió:

50 minutos.

A continuación, apagó el móvil y se puso manos a la obra. Tenía mucho que hacer si quería estar preparada en cincuenta minutos. Además, ya estaba harta de intercambiar mensajes con Pietro.

Odiaba tener que viajar a Sicilia y enfrentarse al hombre del que se había enamorado con toda su alma y que le había partido el corazón. Pero si ése era el precio para recuperar su libertad, lo pagaría gustosa.

–Año nuevo, vida nueva –se dijo en voz alta–. Tómatelo desde ese punto de vista.

Echó un vistazo por la ventana del dormitorio y pensó que, al menos, el viaje serviría para escapar de un invierno especialmente frío.

Tenía que ser positiva.

Un par de días más y sería libre.

Un par de días más y su apelación al año nuevo y la vida nueva dejaría ser una frase hecha y se haría realidad.

Pero antes, tendría que pasar el mal trago de volver a ver a su esposo.

Y sintió un escalofrío que no tenía nada que ver con los vientos helados y el cielo oscuro del exterior.

Capítulo 2

PIETRO se encontraba junto a la ventana de la sala de juntas de su abogado, contemplando la lluvia. Tenía los hombros hundidos y las manos metidas en los bolsillos del pantalón de su traje de seda, de un gris tan metálico como el de las nubes.

Impaciente, empezó a pegar golpecitos con el pie.

Marina llegaba tarde. Habían quedado a las diez y media de la mañana y faltaba poco para las once menos cuarto. Llevaba un retraso de casi quince minutos. Y ni siquiera estaba seguro de que al final apareciera.

Se pasó una mano por el pelo y entrecerró los ojos.

Al menos, sabía que ya había llegado a Sicilia. Federico, su chófer, la había llevado a un hotel el día anterior después de ir a buscarla al aeropuerto. Incluso le había dado los documentos que Matteo Rinaldi, su abogado, había preparado para la reunión de la mañana. Pietro quería que estuviera informada para que ella y su representante legal supieran a qué atenerse.

Desesperado, suspiró y se preguntó dónde se habría metido.

Justo entonces, vio que un taxi se detenía al otro lado de la calle, enfrente del edificio. Pietro no veía bien el interior porque las ventanillas y la luna trasera estaban empañadas, pero distinguió el glorioso cabello rojo de quien pronto sería su exmujer.

Por brumoso que fuera, aquel destello rojizo bastó para que Pietro se estremeciera al recordar sus días y noches de pasión erótica. Se excitó tanto que tuvo que apretar los dientes para soportar el impacto de sus recuerdos.

—Por fin ha llegado —le dijo a Matteo.

Tenía intención de alejarse de la ventana, pero mientras hablaba a su abogado, ella salió del vehículo.

—Ya está aquí —añadió con un tono bien distinto.

Marina alzó la cabeza de repente, como si hubiera oído sus palabras, y clavó la vista en la ventana.

Los dos se miraron.

Incluso en la distancia, Pietro pudo distinguir el verde intenso de los ojos de Marina. Su actitud general, con la barbilla alzada y la espalda muy recta, resultaba extremadamente desafiante. Casi tanto como la voluptuosidad de su cuerpo, un escudo perfecto para rechazar a cualquier oponente.

Pasó un segundo, dos segundos, el espacio de un latido.

Y seguían mirándose.

Pietro se sintió como si el aire se le hubiera congelado en los pulmones y lo hubiera dejado rígido, incapaz siquiera de parpadear. Pero el hechizo se rompió cuando pasó otro coche y Marina dio un paso atrás para que no le salpicara el agua de un charco.

Un momento después, ella cruzó la calle con largas zancadas de sus piernas interminables. Pietro supuso que se taparía la cabeza con el maletín que llevaba encima, pero se equivocó. Había olvidado que a Marina le encantaba la lluvia.

Aquel detalle le recordó otra imagen del pasado: Marina bailando bajo la lluvia, dando vueltas y más vueltas con su cabellera sobre los hombros. En aquella época estaba llena de vida, de humor y de belleza. Incluso se burló de él cuando le dijo que se metiera dentro porque se iba a empapar.

—Esta lluvia es cálida en comparación con la de Inglaterra —observó—. Y no voy a encoger porque me moje un poco.

Pietro lo recordaba muy bien, porque cuando salió para llevarla al interior, Marina lo agarró de las manos y lo obligó a bailar con ella hasta que los dos terminaron calados hasta los huesos. Sólo entonces, permitió que la tomara en brazos y la llevara de vuelta al palacio. Terminaron en el dormitorio, donde Pietro se vengó de ella de la mejor y más sensual manera por haberlo empapado.

—*Dannazione!* —susurró.

Una vez más, se maldijo por dejarse llevar por los recuerdos. Necesitaba recobrar el control de sus emociones.

Se apartó de la ventana e intentó concentrarse en la batalla que se avecinaba. No era momento para dejarse llevar por sentimentalismos asociados a la época más feliz de su vida, cuando se engañó pensando que lo que Marina y él tenían era amor verdadero y no algo bastante más básico y, en ciertos sentidos, menos manejable.

La pasión le había nublado el juicio y lo había empujado a su cama. Y como resultado de aquella pasión, se sintió obligado a ofrecerle el matrimonio para que permaneciera con él. No soportaba la idea de que estuviera con otros hombres. Así que, cuando Marina se quedó embarazada, aprovechó el embarazo como excusa para ponerle una alianza en el dedo.

No había sabido ver que llegaría el día en que tendría que decidir que ya era hora de dejarla marchar. El día en que se daría cuenta de que no tenían futuro y de que los frágiles cimientos de su matrimonio se habían hecho trizas bajo sus pies.

Si alguien le hubiera advertido que aquel día llegaría, se habría reído. Pero allí estaba ahora, esperando a que firmara los papeles del divorcio.

El sonido de las puertas del ascensor le alertaron de su llegada. En cualquier momento, entraría en la sala.

—¡Marina...!

La exclamación se le escapó de los labios. Aunque creía estar preparado, la aparición de su mujer lo dejó sin aliento. Fue como si una fuerza de la naturaleza, como si un destello cegador del sol o un remolino violento, hubiera entrado por la puerta y hubiera cambiado el ambiente de la sala.

Tenía un aspecto sensacional.

Llevaba una trenca de color gris metálico, con el cinturón férreamente cerrado, que enfatizaba la estrechez de su cintura y las curvas de sus caderas y de sus generosos senos. Por debajo, se alcanzaba a ver algún tipo de prenda con cuello en uve que dejaba desnudo su cuello y descendía hacia su escote. Su cabello, recogido en una coleta, estaba ligeramente oscurecido por la lluvia, y su piel suave, de porcelana, mostraba cierto rubor.

Marina le dedicó una mirada distante y vacía, como si no hubiera visto a Pietro en toda su vida. Él conocía el significado de aquella mirada. La había sufrido muchas veces durante los días anteriores a su separación.

–*Signora* D'Inzeo... –intervino Matteo.

El abogado se acercó a ella y le estrechó la mano.

–Buenos días.

La sonrisa de Marina fue breve y perfectamente medida. Pero al menos, el abogado había conseguido que le dedicara una sonrisa.

–Pietro...

–Marina...

Pietro inclinó la cabeza de forma casi imperceptible e hizo un esfuerzo por recobrar el control y la frialdad de siempre.

Matteo intentó relajar la tensión. Como abogado especializado en divorcios, estaba acostumbrado a ese tipo de situaciones.

–¿Quieres que te cuelgue la trenca?

–Sí, gracias.

Marina se desabrochó la trenca. Matteo se acercó por detrás y la recogió.

Pietro se preguntó si su esposa sería consciente de la enorme sensualidad que sus movimientos tenían. Incluso envidió al abogado por tener la oportunidad de hacerle ese pequeño servicio, que él mismo le había ofrecido en tantas ocasiones.

Imaginó la suave piel de su cuello y de sus hombros bajo los dedos. Imaginó el contacto de su cabello sedoso. Imaginó que ella se giraba y le besaba la mano.

Y se maldijo por dejarse dominar por su imaginación.

–¿Te apetece beber algo? –preguntó Matteo–. ¿Un café, quizás?

–Un vaso de agua estaría bien.

La prenda que Marina llevaba bajo la trenca era una blusa de color blanco, combinada con una falda negra y ajustada.

Tenía un aspecto muy profesional. Un aspecto impropio de ella.

Era evidente que había elegido esa indumentaria para dar una imagen seria, de mujer fría y organizada. De una mujer que, definitivamente, no tenía nada que ver con la Marina a la que había conocido.

Sin embargo, le quedaba bien. Marina era tan bella que estaba atractiva con cualquier cosa. La blusa blanca contrastaba con el tono rojo de su cabello y con el verde de sus ojos. Y en cuanto a la falda, relativamente corta, enfatizaba sus caderas y las largas líneas de sus piernas.

Al mirarla, Pietro se estremeció.

Había cambiado. Para bien.

Ya no era la mujer pálida y delgada, quizás demasiado delgada, con quien se había casado. Los años habían aumentado la feminidad de sus curvas y ahora era notablemente más sexy que antes.

Lo único que no había cambiado era su gusto con los adornos. Llevaba unos pendientes largos, de plata, que le acariciaban el cuello. Eran bisutería. Nada que ver con las creaciones de diamantes y esmeraldas que él le había regalado en los viejos tiempos.

Mientras Matteo abría una botella de agua y servía un vaso a Marina, Pietro decidió que había llegado el momento de retomar el control de la situación y preguntó:

—¿Nos sentamos?

Marina lo miró y se situó deliberadamente al otro lado de la mesa de caoba, con un movimiento grácil. A continuación, dejó su maletín sobre la pulida superficie y puso las manos encima, cruzándolas.

Pietro no salía de su asombro. Era la viva imagen de la contención y de la calma. Jamás habría imaginado que fuera capaz de comportarse de ese modo. Y paradójicamente, lo encontró muy atractivo; potenció el deseo de quitarle la ropa y de liberar a la mujer apasionada que llevaba dentro, a la verdadera Marina.

Tomó asiento frente a ella. Su mujer aceptó el vaso que Matteo le ofreció y echó un trago de agua. En ese momento, Pietro se dio cuenta de que llevaba puesto el anillo de casada y se llevó una nueva sorpresa.

—Pietro...

Al oír su nombre, se sobresaltó un poco.

—¿Sí?

–¿Qué estamos haciendo aquí, exactamente?

Él sonrió con satisfacción.

–Me extraña que lo preguntes, porque lo sabes de sobra. Acordamos reunirnos para discutir los términos de nuestro divorcio –respondió.

Marina bebió un poco más de agua y dejó el vaso a un lado con una precisión tan exagerada que llamó la atención de Pietro. Por lo visto, no estaba tan tranquila como quería simular. Estaba haciendo un esfuerzo.

–No, no acordamos nada, Pietro. Tú me ordenaste que viniera a Sicilia y yo he venido, pero suponía que me reuniría con tu representante legal, no contigo.

Pietro asintió.

–Bueno, si quieres que lo dejemos en manos de nuestros abogados, me parece bien. Por cierto, ¿dónde está el tuyo? ¿Se va a retrasar?

–No tengo abogado.

–¿Que no tienes?

Ella lo miró con gesto desafiante.

–No, claro que no. Para tu información, la mayoría de la gente no se puede permitir el lujo de pagar los honorarios ridículamente caros de un abogado para que salga corriendo a representarlos si se presenta el caso.

Marina lanzó una mirada breve a Matteo y siguió hablando.

–Además, me concediste una hora para hacer las maletas, subirme a ese coche y tomar un avión a Sicilia. No tuve ocasión de ponerme en contacto con ningún bufete. Pero sé lo que mi abogado me habría sugerido.

Ella observó a su esposo con detenimiento.

Pietro se había sentado de espaldas a un ventanal, a contraluz. Era poco más que una silueta oscura con ojos que, por el contraste, parecían sorprendentemente claros.

En tales circunstancias, no alcanzaba a distinguir los detalles de sus rasgos, pero carecía de importancia porque los recordaba a la perfección. Pietro seguía siendo el mismo hombre de siempre, un hombre de frente despejada y labios grandes y sensuales cuyo contacto permanecía grabado en la memoria de Marina.

Recordó un tiempo en el que habría hecho cualquier cosa por él.

Recordó la primera vez que se vieron.

También era un día de lluvia. Ella viajaba por las calles de Londres, en su pequeño utilitario, cuando se distrajo un momento y chocó con el coche que avanzaba por delante. Se llevó tal susto que se quedó sin aliento durante unos segundos y tuvo que hacer un esfuerzo por recordar quién era y dónde estaba.

Sin embargo, aquel hombre alto y terriblemente atractivo la tranquilizó, restó importancia al incidente y la invitó a tomar una copa que terminó en cena.

Desde entonces, Pietro siempre se las había arreglado para seducirla. Estar con él era como estar en mitad de una tormenta tropical, arrastrada por un viento cálido que la hacía flotar y que la mareaba.

Aquellos días habían sido perfectos, absolutamente felices; pero al final, la fantasía de amor estalló y destrozó todos sus sueños e ilusiones.

Los destrozó a los dos. O por lo menos, destrozó a Marina. Porque ella estaba convencida de que Pietro había seguido con su vida de siempre, con toda tranquilidad, como si no hubiera pasado nada. A fin de cuentas, no había hecho el menor esfuerzo por convencerla para que volviera a su lado. Se limitó a enviarle una carta fría, donde le ordenaba que regresara a Sicilia; ella se negó y él no insistió más.

Ésa había sido la última noticia que tuvo de su marido.

Hasta el día anterior, cuando recibió sus mensajes. Pero esta vez, sólo quería formalizar los términos del divorcio.

Al verlo allí, en la sala de juntas de la oficina, Marina se había sentido como si los dos años anteriores se hubieran desvanecido por arte de magia. Todos sus recuerdos, todas las sensaciones, regresaron a ella en el espacio de un latido. Y todas las defensas que había alzado con tanto esfuerzo, se derrumbaron al instante.

Estaba decidida a mostrarse fría y a mantener el control. Quería dar una imagen tranquila y firme cuando se enfrentara a Pietro y a su abogado. Incluso había pensado que le resultaría fácil, porque creía haber superado la desilusión de su matrimonio y la destrucción de todas sus ilusiones.

Desgraciadamente, no había sido así. Pero respiró hondo, sacó fuerzas de flaqueza y volvió a adoptar una actitud distante.

–No puedo creer que te presentes sin abogado –dijo él–. ¿Te ha parecido que no necesitas uno para que defienda tus intereses?

Ella arqueó una ceja.

—¿Lo necesito?

Pietro entrecerró los ojos.

—Por supuesto que no. Eres mi esposa, Marina.

Marina sacudió la cabeza.

—Pero dejaré de serlo muy pronto.

Pietro se dio cuenta de que ya no estaba tratando con la joven ingenua que había sido, sino con una mujer fuerte, adulta.

—Eres mi esposa, Marina —repitió—. Y como tal, puedes estar segura de que te daré lo que te corresponde por derecho.

Ella sintió curiosidad por su comentario. Era tan dudoso que no supo si era una promesa de trato justo o una amenaza.

—Está bien, te escucho.

—Antes de empezar, hay un par de condiciones.

—Faltaría más —ironizó.

Marina ya había imaginado que habría condiciones. Desde que entró en la sala, supo que Pietro intentaría demostrar que tenía cartas ganadoras y que, naturalmente, estaba dispuesto a utilizarlas. De hecho, no la había citado en el bufete de su abogado por casualidad. Quería jugar en su terreno.

Conocía a su marido y sabía de lo que era capaz. Durante los meses que estuvo a su lado, aprendió que podía ser frío, duro e implacable con los que se atrevían a cruzarse en su camino. Además, la tensión de su cara y la expresión de sus ojos la convencieron de que su carácter no se había suavizado con el paso de los años. Y por si eso fuera poco, su tono de voz parecía indicar que no estaba dispuesto a consensuar nada.

–¿Faltaría más? –preguntó Pietro.

Marina asintió.

–Sí. Suponía que habría condiciones. No soy tan ingenua, Pietro... a decir verdad, me habría extrañado que te mostraras amable y generoso. No es tu estilo. No habría sido propio del príncipe Pietro D'Inzeo.

–Y sin embargo, has venido sin abogado.

Ella sintió un vacío en el estómago. Se había convencido de que no necesitaba un abogado porque Pietro no podía hacer nada contra ella, pero empezaba a dudar de haber tomado la decisión correcta.

Petro Pietro D'Inzeo era un hombre muy poderoso, un hombre rico e influyente que, además, tenía título de príncipe. Era el presidente del Banco D'Inzeo y de otras muchas empresas que había adquirido desde se hizo cargo de los negocios familiares. Y no habría llegado tan lejos si no hubiera sido un depredador frío y un enemigo feroz con cualquiera que se le pusiera por delante.

Se había metido en una situación extraordinariamente complicada. Estaba dispuesta a darle una lección delante de su abogado. Una lección que un siciliano orgulloso como Pietro no se tomaría bien.

Sin embargo, se recordó que, como siciliano, Pietro también tenía un sentido muy desarrollado del honor. A pesar de todos sus defectos, jugaba limpio.

Pero de todas formas, a Marina no le preocupaban las consecuencias financieras de aquella reunión. Le preocupaban las emocionales.

–No me pareció que lo necesitara. Al fin y al cabo, hay leyes que rigen este tipo de asuntos –observó.

Pietro arqueó las cejas. La expresión de sus ojos se suavizó un poco y en su boca se dibujó una sonrisa leve.

Marina se acordó una vez más del pasado. En otros tiempos, habría hecho cualquier cosa por sacarle una sonrisa.

–Además, has dicho que tendré lo que merezco por derecho –continuó.

–Sí, es verdad. Eso he dicho.

–Entonces, deberías exponer tus condiciones.

–Por supuesto.

Pietro miró a su abogado, que abrió las carpetas que tenía sobre la mesa y sacó varios documentos.

–Bueno, vamos allá –dijo Matteo.

Matteo empezó a hablar, pero Marina no prestó tanta atención a lo que decía como a los movimientos de su marido. Pietro se sirvió un vaso de agua, pero no bebió. Se echó hacia atrás en el sillón, como si estuviera perfectamente cómodo con la situación, y la miró con tanta intensidad que ella sintió un calor repentino.

Nerviosa, interrumpió al abogado para acelerar el proceso.

–¿Y las condiciones?

–Bueno, no creo que las encuentres inadmisibles. Matteo le dio el mismo documento que le habían entregado en el avión, durante el viaje a Sicilia. El documento que no se había molestado en leer porque nunca había querido otra cosa de Pietro que su amor. Y ya no lo tenía, no quería nada.

—En primer lugar, tendrás que renunciar a usar el apellido D'Inzeo. Volverás a usar tu apellido de soltera.

—Estaré encantada.

Marina no tenía ninguna intención de seguir usando el apellido de su marido, así que no le iba a suponer esfuerzo alguno. De hecho, se sintió aliviada al saber que la primera condición era tan irrelevante.

—Además —continuó ella—, ¿por qué querría llevar el apellido de un hombre que nunca hizo nada por nuestro matrimonio?

Pietro suspiró con disgusto a la derecha del abogado. Marina se puso tensa y esperó su réplica, pero no llegó. Matteo lanzó una mirada rápida a su representado, como pidiéndole que guardara silencio, y el príncipe le hizo caso.

Sin embargo, ella no se dejó engañar por el aspecto aparentemente tranquilo de su esposo. Había cerrado la mano sobre el vaso de agua y estaba tan tensa que los nudillos se le habían quedado blancos.

—Entonces, ¿estamos de acuerdo en ese punto? —preguntó Matteo.

—Totalmente.

—En tal caso, pasemos al segundo.

Matteo hizo una marca junto al párrafo del documento que estaba a punto de citar.

—La segunda condición consiste en que firmarás

un acuerdo de confidencialidad por el que te comprometes a no hablar nunca de tu matrimonio y a no revelar detalles sobre tu vida con el príncipe D'Inzeo, tanto en lo referente a los meses que estuvisteis juntos como a los motivos de vuestra separación.

−¿Cómo?

Marina se giró hacia Pietro y lo miró con asombro, rabia y dolor. No podría creer que le pidiera eso.

−¿Crees necesario que firme un acuerdo de...?

No pudo terminar la frase. Estaba verdaderamente indignada. Jamás habría imaginado que Pietro la creyera capaz de una bajeza semejante, de airear en público los problemas de su relación.

−¿Cómo te atreves, Pietro? −le desafió.

Pietro entrecerró los ojos.

−Sólo quiero proteger mi buen nombre.

−Oh, vamos... no creerás de verdad que haría algo por mancharlo.

Él parpadeó y le dedicó la mirada de un león indolente, como si se estuviera preguntando si debía rebajarse a responder a un ser tan débil.

−Puede que tú no −dijo al fin−. Pero ¿respondes de tu novio?

−¿De mi novio?

Antes de que Pietro pudiera contestar, Marina añadió:

−¿Por quién diablos me tomas? Llevamos separados casi dos años. ¡Dos años! Y dime, ¿cuántas veces he concedido una entrevista a la prensa? ¿Cuántas veces has visto una fotografía mía en las revistas del corazón?

–Marina...

–Ninguna, Pietro. Ninguna –lo interrumpió.

–Pero antes no eras libre –dijo él con frialdad–. Y recibías una asignación tan generosa que tenías buenos motivos para guardar silencio.

–No, yo no recibía nada. ¿Es que no te has molestado en comprobar el estado de tu cuenta bancaria? –preguntó ella, arqueando una ceja–. ¿O es que tienes tantos millones que no notas si te sobra uno?

Pietro la miró con tanta ira que Matteo se estremeció.

–¿Cómo es posible? Yo ordené que...

–Oh, sí, ya imagino lo que ordenaste. Y estoy seguro de que el pobre Matteo, aquí presente, hizo lo posible por conseguir que tus órdenes se cumplieran. Pero a mí ya no me puedes dar órdenes, Pietro.

Pietro apretó los labios y contraatacó.

–¿Insinúas que alguna vez te las pude dar, *bella mia*? Nunca has obedecido las órdenes de nadie. Eso no es nuevo –ironizó–. Pero volviendo al asunto anterior, ¿afirmas que no has recibido la asignación?

–No, por supuesto que no –respondió ella, enfadada–. Tu asignación llegaba puntualmente, pero no he tocado ni un penique de tu dinero.

–¿Por qué no? Era tuyo.

–¿Necesitas preguntarlo? Yo diría que la respuesta es obvia...

–Explícate.

–No necesito que me mantengas. Tengo un empleo, Pietro... recuperé mi antiguo puesto en la biblioteca y me gano la vida con el sudor de mi frente.

No quiero nada de ti. No lo quise antes y no lo quiero ahora, cuando ya estamos divorciados.

–¿Tengo que recordarte que todavía no hemos firmado los documentos del divorcio? De momento, sólo estamos separados.

–De momento –admitió ella–, pero estoy deseando que nos divorciemos. Estoy deseando firmar esos papeles para ser libre y no volver a saber nada de ti.

Pietro la miró con seriedad.

–En ese caso, deberíamos permitir que el pobre Matteo, como le has llamado, pase a los puntos siguientes –ironizó él.

Marina sacudió la cabeza.

–No, nada de eso.

Ella se echó hacia atrás y consideró la posibilidad de levantarse del sillón y de marcharse de allí, pero se lo pensó mejor. Prefería esperar un poco. A decir verdad, estaba disfrutando con la situación. Había conseguido desconcertar a su marido.

–¿Qué puntos son ésos, Pietro? ¿Qué son? ¿Más condiciones? ¿Más dictados y caprichos del gran príncipe D'Inzeo? –preguntó con sarcasmo.

–Marina...

–¿Más órdenes, quizás?

–Marina... –repitió él, intentando ser paciente.

–¿De verdad has creído que yo sería capaz de hablar con la prensa y contarles nuestras intimidades?

Marina sabía que jugaba con fuego al presionar a Pietro, pero no se podía controlar. Además, había viajado a Sicilia precisamente por eso, para decirle las cosas que no le había dicho durante su matrimonio, para intentar provocarlo y obtener una reacción de aquel hombre frío, refrenado, distante.

–¿Crees que quiero que ese desastre miserable que fue nuestro matrimonio aparezca en la portada de todas las revistas? ¿Crees que quiero lavar nuestros trapos sucios delante de todo el mundo?

–Marina, por favor –insistió.

Marina había entrado en un terreno extremadamente peligroso. Pietro le lanzó una mirada llena de furia y empezó a dar golpecitos nerviosos en la mesa.

Pero Marina ya no se podía detener. Tenía la presa entre los dientes y no estaba dispuesta a soltarla.

–¿Crees que me puedes manipular como si fuera una marioneta? ¿Que basta con pagarme para que me atenga a tus caprichos y condiciones?

–Quizás deberías escuchar mis condiciones.

–No.

–¿No?

–No necesito oírlas.

Pietro volvió a suspirar.

–Marina, te recuerdo que has cruzado medio mundo para discutir los términos de nuestro divorcio de forma civilizada.

–Te equivocas.

–¿Cómo que me equivoco?

Pietro no supo qué pensar.

–No he venido aquí por eso. De hecho, los términos de nuestro divorcio, como tú los llamas, no tienen nada que ver con mi viaje.

–¿Entonces?

Marina se levantó para dar más énfasis a sus palabras siguientes. Lo miró desde arriba, echó los hombros hacia atrás y dijo:

–Pensaste que, como yo quería algo de ti, me vería obligada a seguir tus instrucciones y a obedecerte. Pero pensaste mal.

Ella se inclinó sobre el maletín que había dejado en la mesa y lo alcanzó.

–Pensaste mal porque tu plan sólo tendría éxito si fuera cierto que quiero algo de ti –continuó, implacable–. Pero resulta que no quiero nada. Por mucho que te extrañe, príncipe Pietro Raymundo Marcello D'Inzeo, no quiero nada en absoluto.

Marina se detuvo un momento para tomar aire. Esperaba que Pietro dijera algo, pero se mantuvo en silencio, inmóvil como una estatua. Incluso parecía que había dejado de respirar. Lo único que traicionaba su aspecto hierático era el destello ardiente de sus ojos.

–No he venido a verte para discutir tus términos, Pietro. He venido a verte para entregarte los míos.

Entonces, abrió el maletín y sacó unos documentos muy parecidos a los que Matteo le había enseñado.

–Ya he visto tu oferta de divorcio. Y he decidido rechazarla –continuó.

Pietro se movió al fin.

–Pero si la rechazas, no tendrás...

–Nada, ya lo sé –lo interrumpió–. Tendré exactamente lo que quiero, exactamente lo que he venido a decirte que quiero... nada de nada. Absolutamente nada. Porque me casé contigo sin nada y quiero salir de este matrimonio de la misma forma. Aquí tienes los documentos que he preparado. Como verás, renuncio a todo tu dinero. ¡No quiero nada!

Cuando terminó de hablar, Marina lanzó los documentos a la mesa. Pero los lanzó con tanta fuerza que acabaron en la cara de su frío y rígido marido.

Capítulo 3

NO QUIERO nada!
El eco de la exclamación de Marina se apagó de inmediato, sustituido por el rumor de las hojas de los documentos que cayeron sobre la mesa.

Después, la sala quedó en silencio. En un silencio tan denso que se podría haber cortado con un cuchillo.

Junto a Pietro, Matteo dejó el bolígrafo que tenía en la mano y se quedó inmóvil. Hasta la joven secretaria que había permanecido todo el tiempo al final de la mesa, tomando notas sin participar en la conversación, se quedó boquiabierta.

Pietro miró con asombro a Marina. A su esposa. A la esposa que, teóricamente, se iba a convertir en su exmujer.

Sólo tenía que aceptar los términos del divorcio que le había propuesto.

Sólo eso.

Y sin embargo, se negaba y le hacía una contraoferta.

La miró detenidamente y observó que ya no se mostraba tan tranquila como antes. De hecho, las generosas curvas de sus pechos subían y bajaban como si acabara de correr una maratón. Y su nerviosismo, sumado al evidente intento de respirar con normalidad, había ruborizado sus normalmente pálidas mejillas.

Por encima del rubor de su cara, sus ojos verdes brillaban con furia bajo unas pestañas largas y negras. Además, se le habían soltado unos cuantos mechones de la coleta, que le caían sobre los hombros.

Aquélla era la mujer con quien se había casado. La mujer que le gustaba tanto que no podía pensar.

Tenía un aspecto salvaje, apasionado, desafiante.

Estaba magnífica.

Pietro pensó que, a decir verdad, estaba más bella que nunca. Incluso más que el día en que se casaron. Casi tanto como durante la noche de bodas, cuando yacía desnuda en la cama, con el cabello revuelto, los labios hinchados de tantos besos y la mirada oscura y profunda de la satisfacción sexual.

Pero no quería pensar en eso.

Pietro borró los recuerdos eróticos de su mente, que amenazaban con borrar sus últimos atisbos de control, y se obligó a concentrase en el problema que le había presentado.

La sala seguía en silencio. Ni Matteo ni la secretaria se atrevían a hablar. Lo único que se oía era la respiración acelerada y ligeramente entrecortada de Marina y el golpeteo de la lluvia en los cristales.

De repente, él se levantó y ordenó:

—¡Salid de aquí!

Era obvio que se refería a su abogado y a la secretaria, quienes obedecieron al instante. Sin embargo, Marina dio media vuelta para seguirlos.

–No, tú no –añadió él.

Como Marina no obedeció, Pietro avanzó hacia ella a largas zancadas, se plantó delante y la agarró de la muñeca.

–He dicho que tú no.

Ella le dedicó una mirada llena de rabia; pero contrariamente a lo que su esposo había imaginado, no intentó resistirse ni forcejear. Quizás, porque no quería organizar un escándalo. O quizás, porque había comprendido que no podía arrojarle un montón de papeles a la cara y marcharse así como así.

Además, Marina debía saber que no habría servido de nada. Si se hubiera ido, él la habría encontrado.

–¿Qué está pasando aquí? –preguntó él cuando Matteo cerró la puerta al salir–. ¿A qué demonios estás jugando?

El rostro de Marina era la viva imagen de la rebelión. Permaneció en silencio durante unos segundos, pero al final contestó.

–No estoy jugando a nada. Lo que he dicho, lo he dicho en serio.

–Eso no es posible. ¿Por qué querrías hacer una cosa así?

–¿Una cosa como qué, Pietro? ¿Como rechazar tu propuesta de divorcio? ¿Como rechazar el dinero que estabas dispuesto a darme a cambio de que aceptara tus pequeñas y patéticas condiciones?

Pietro apretó los dientes.

–Te he hecho una oferta generosa que...

–Sí, estoy segura de que lo es –lo interrumpió con brusquedad–. A fin de cuentas eres un hombre

rico. Y como dije antes, hay leyes para estos asuntos.

–¿Leyes? ¿Crees que te he ofrecido un acuerdo
por lo que dice la ley? –preguntó él con incredulidad.

Los dos se miraron a los ojos.

–No, por supuesto que no.

–Entonces, ¿por qué...?

Pietro se estremeció por dentro. En la mirada de
Marina había algo que avivaba su deseo y le hacía
pensar en todo tipo de locuras.

Pero debía recuperar el control.

La frustración, la rabia, el asombro y la incredulidad ya eran una combinación extremadamente peligrosa y traicionera como para sumarle, además, el
deseo sexual. Una sola chispa y la normalidad sal-
taría por los aires.

Sin embargo, no le sorprendió en exceso. Al fin y
al cabo, el sexo era lo que los había unido y lo que los
había mantenido juntos durante los primeros meses
de su matrimonio, incluso en los peores momentos.

El sexo era lo único que no había muerto entre
ellos. Y pensándolo bien, no tenía nada de particu-
lar que siguiera presente.

Además, su cercanía física resultaba embriagadora. Hasta unos momentos antes, la mesa había hecho las veces de barrera entre ellos y lo había ayu-
dado a mantener el control de sus emociones. Ahora,
en cambio, estaba tan cerca que sentía el calor y la
suavidad de la piel de su muñeca y hasta podía notar
el dulce y casi imperceptible aroma floral del champú
con el que se lavaba el pelo.

–¿Por qué? –repitió Marina–. ¿Preguntas por qué he rechazado tu oferta? ¿Es que no resulta obvio?

–No.

Ella arqueó una ceja.

Él suspiró y añadió:

–Sí, bueno... admito que encuentro dos explicaciones posibles.

–¿Dos explicaciones? –dijo ella, algo sorprendida–. ¿Qué dos?

–La primera, que pienses que puedes jugar duro para mejorar el acuerdo en tu favor y conseguir que te dé más dinero.

–Si piensas eso, estás muy equivocado.

–Y la segunda, que no te quieras divorciar de mí. Que hayas pensado que, si despiertas mi interés lo suficiente y...

–¿Que no me quiero divorciar? –preguntó, atónita.

Marina no lo podía creer.

–No, no es posible que pienses eso –continuó ella–. No es posible que creas que he venido a verte porque no me quiero divorciar.

Estaba realmente desconcertada. Pero sólo tardó unos segundos en comprender por qué había dicho lo que había dicho.

En un primer momento, cuando Pietro la agarró de la muñeca, ella hizo un breve intento por liberarse. Tiró un poco, pero él la siguió agarrando con firmeza, aunque sin pasarse, mientras Matteo y la secretaria se marchaban.

Entonces, se quedaron a solas.

Y habría sido el momento perfecto para liberarse de él.

Pero en lugar de zafarse, se había concentrado tanto en la discusión que mantenían que no había hecho nada por recuperar su libertad. Había permanecido allí, pegada a él, admitiendo su contacto físico como si no le molestara en absoluto. O peor aún, para su desesperación, como si lo deseara.

Y Pietro, naturalmente, lo había interpretado en el segundo sentido.

—Mientras hablamos de las cosas que no quiero, ¿qué te parece si me sueltas la muñeca de una vez? Me estás haciendo daño.

—Lo siento.

Pietro la soltó y ella sintió un escalofrío que reconoció al instante. Su cuerpo lamentaba la pérdida del contacto.

Aunque habían pasado dos años desde su separación, el calor de sus dedos le había resultado desconcertantemente agradable.

—Lo siento —repitió Pietro.

—Descuida, no ha sido nada.

Ella alzó el brazo para demostrar que no había sufrido ningún daño, pero él no apartó la mirada de su cara. Y allí, en el fondo de los ojos de Pietro, había una oscuridad inquietante que la puso nerviosa.

Estaba físicamente cerca, muy cerca. Pero emocionalmente lejos, muy lejos.

Marina se había llegado a convencer de que los dos años de separación habrían apagado su antigua pasión. Sin embargo, la verdad era muy diferente. Se sentía como si el tiempo transcurrido sólo hubiera servido para aumentar su hambre de él, su necesidad de aquel festín que inundaba sus sentidos hasta el extremo de no saber dónde fijar la vista, qué mirar primero, qué absorber primero.

Su cabello seguía tan negro como siempre, reluciente como el día en que se habían conocido. Su piel seguía tan morena como siempre, tan radicalmente distinta a la de ella, blanca. Y sus ojos claros, de acero azul, seguían brillando por encima de los mismos pómulos altos y bien definidos.

Aspiró su aroma y se frotó la zona de la muñeca donde la había tocado. Casi estaba mareada. De hecho, tuvo que cerrar los ojos durante un momento para recuperar la calma.

—Sí, yo también lo noto —dijo él.

Marina volvió a abrir los ojos.

—¿Cómo?

—He dicho que yo también lo noto. Sigue aquí, ¿verdad?

—No te entiendo...

Ella lo entendía perfectamente, pero no lo quiso admitir.

—Aquí no hay nada, Pietro —añadió.

—Mentirosa —dijo con suavidad.

A Marina se le hizo un nudo en la garganta.

—No soy una mentirosa. No sé lo que quieres decir.

Sin embargo, lo sabía. Lo sabía exactamente. Pietro sólo había tenido que rozarla un poco para que su cuerpo reaccionara.

Él sacudió la cabeza y dijo:

—No tengo miedo de confesar que todavía te deseo. Sería un estúpido si lo negara. Y aunque no me guste más que a ti, al menos no me asusta reconocer que el deseo sigue presente entre nosotros. Hasta tú lo admitirías si fueras sincera.

–¡Yo no tengo miedo! –protestó.

–¿Seguro que no?

–Por supuesto que no.

Marina se preguntó a quién pretendía engañar. Además, su miedo ni siquiera era nuevo; la atracción que sentía por Pietro era tan primitiva, irracional e intensa que siempre le había dado miedo.

Pero al mismo tiempo, le parecía fascinante. Y la echaba de menos.

–Está bien, si quieres que sea sincera... sí, el sexo sigue aquí, entre nosotros –confesó–. Pero en una relación amorosa hace falta algo más que sexo.

–Bueno, el sexo no está mal para empezar –observó él.

Pietro sonrió y ella pensó que su sonrisa era increíblemente encantadora. Había olvidado lo seductor que podía llegar a ser.

–Pero no estamos empezando nada, ¿verdad? –le recordó–. De hecho, se supone que queremos divorciarnos. Por eso nos hemos reunido.

–Por eso nos habíamos reunido –puntualizó él.

–¿Habíamos? ¿Qué significa eso?

Pietro se encogió de hombros.

–Que las cosas han cambiado.

–Sigo sin entenderte.

–Marina, eres tú quien se niega a aceptar los términos del divorcio. Has rechazado la oferta que te he hecho.

–¡Porque no quiero nada de ti!

Él asintió lentamente, sin dejar de mirarla a la cara.

–Está bien, como tú digas. Pero al rechazar esa oferta, lo has cambiado todo. Ahora tendremos que renegociar un acuerdo nuevo... y con normas nuevas.

Ella se sintió desfallecer. Súbitamente, la esperanza de recobrar su libertad y de seguir con su vida se desvanecía ante sus ojos.

–¡Eso es ridículo! ¡No me puedes obligar a aceptar lo que no quiero! ¡No puedes negarte al divorcio porque pido menos de lo que tú me has ofrecido!

Marina consideró la posibilidad de que Pietro rechazara su contraoferta por el simple placer de llevarle la contraria. Pero eso habría sido patético e impropio de él. Pietro era un hombre dominante, arrogante, frío y dictatorial, pero jamás había sido patético.

Obviamente, debía de tener otros motivos.

Pietro dio un paso más hacia ella. Marina hizo ademán de retroceder, pero permaneció donde estaba.

Su mente parecía dividida en dos. Una parte quería seguir allí, inmóvil, para que Pietro no pensara ni por un momento que tenía miedo de él. La otra, quería seguir allí porque quería estar cerca de él, porque quería lo que aquella mirada oscura parecía prometer, porque lo deseaba con toda su alma.

Ya no lo podía negar.

Deseaba probarlo, deseaba sentirlo, deseaba que la envolviera con su cuerpo una vez más.

Lo había deseado desde el momento en que entró en la sala de reuniones y lo vio junto a la ventana, de pie.

En realidad, siempre lo había deseado. Extrañaba su relación con Pietro, por peligrosa que fuera y por duras que fueran las consecuencias. Eso era lo que le había faltado durante los dos años anteriores; el vacío que no podía llenar con nada.

A pesar de todo, lo deseaba. Por lo menos, físicamente.

Su matrimonio y su relación podían estar rotos, el amor podía haber desaparecido, pero el deseo siempre estaría presente.

Así que se quedó donde estaba, mirándole a los ojos sin parpadear, esperando que la tocara y, tal vez, que la besara.

Pero Pietro no la tocó ni la besó. Para frustración de Marina, se detuvo y frunció el ceño.

—¿Eres consciente de que me envías mensajes contradictorios? —preguntó él, escudriñando su cara—. Primero me dices que no quieres nada de mí, que nuestro matrimonio ha terminado y que no sientes nada y luego...

Él no terminó la frase. Se limitó a mirarla de arriba abajo.

—Y es verdad. No quiero nada de ti —afirmó ella.

Pietro sacudió la cabeza.

—¿Que no quieres nada de mí? Discúlpame, pero eso no es lo que dicen tus ojos. Ni a decir verdad, tu boca.

—¿Mi...?

Marina se quedó boquiabierta, incapaz de pronunciar la palabra. Y se traicionó del todo cuando, un momento después, se humedeció los labios con la lengua.

Fue un movimiento inconsciente, pero bastó para que Pietro confirmara sus sospechas.

–Dime, belleza. ¿Qué quieres de mí? –preguntó con una sonrisa.

–Yo...

Marina no podía hablar. Se sentía como si su cabeza se hubiera llenado de algodón y no le quedara ni un pensamiento racional. De repente, el suelo le parecía leve, casi insustancial, incapaz de sostener su peso.

Cerró los ojos e intentó dominarse.

Sabía que había llegado el momento de decir lo que tenía que decir, por duro que fuera. Ya no podía esperar más.

Pensó en lo sucedido durante los minutos anteriores y sacudió la cabeza.

Se había sentido muy orgullosa cuando le lanzó los documentos a la cara. Estaba encantada de decirle al príncipe que no quería nada de él, salvo divorciarse, recuperar su libertad y dejar atrás aquella pesadilla. Estaba tan encantada que hasta había olvidado la humillación de tener que viajar a Sicilia sólo porque el hombre que había destrozado su matrimonio con su comportamiento cruel e insensible, se lo había ordenado.

La perspectiva de darle una lección la había animado durante el viaje en avión y durante la primera parte de la reunión en la sala, dándole fuerzas. Ardía en deseos de que llegara el momento de tirarle los papeles y marcharse de allí, libre como un pájaro. Naturalmente, eso no significaba que las heridas de su matrimonio se hubieran curado pero, al menos, no iba a permitir que se reabrieran.

Por desgracia, su plan había fracasado. Su rebelión, cuidadosamente planeada, se había desinflado como un globo. Lejos de tomárselo como la demostración final de que no estaba interesada en él, Pietro se lo había tomado como una especie de provocación para revivir el matrimonio del que tanto deseaba escapar. El matrimonio del que Marina pensaba que él también quería escapar.

–Demasiado tarde –dijo él.

Pietro se acercó y se pegó prácticamente a ella.

–Yo no...

Él alzó una mano y le puso una mano en los labios, silenciándola.

–Demasiado tarde –repitió su esposo–. No hace falta que digas nada más... Tu silencio lo ha dicho por ti.

–No...

Marina se arrepintió de haber abierto la boca, aunque sólo fuera para pronunciar un monosílabo. Porque, para pronunciarlo, tuvo que mover los labios y acariciar suavemente la suave y morena piel de aquel dedo.

Y su sabor la volvió loca. Liberó la cascada de imágenes sensuales e íntimas que había reprimido con tanto esfuerzo, los recuerdos de todos sus besos y caricias, del aroma del cuerpo de Pietro, de la tensión que crecía cuando estaban juntos y que sólo quedaba satisfecha cuando hacían el amor.

–Sí –dijo él.

Pietro le puso una mano bajo la barbilla y se la levantó un poco. Marina no tenía fuerzas para escapar del fuego de sus ojos y de la caricia de su aliento en la piel. Si había albergado la esperanza de ocultar el deseo que sentía, se desvaneció rápidamente. Pietro habría tenido que estar ciego para no reconocerlo en su rostro, en su respiración entrecortada y hasta en los latidos de su corazón, que se había desbocado.

–Como veo que no quieres reconocerlo con palabras, yo lo haré en tu lugar –continuó Pietro–. Yo quiero esto. Tú quieres esto. Dejemos de perder el tiempo.

Entonces, antes de que Marina pudiera tomar aire para replicar, él bajó la cabeza y la besó en la boca.

Capítulo 4

AL SENTIR la firme y cálida presión de sus labios, Marina se dijo que habría sido absurdo que negara lo que sentía. No habría engañado a nadie.

Aquel beso había sido inevitable desde que Pietro se sentó delante de ella, al otro lado de la mesa, y la miró. En ese momento, se dio cuenta de que los dos años transcurridos desde su separación no habían rebajado en modo alguno su deseo.

Había entrado en aquella sala con la convicción de que podría defenderse de él. Pero se había mentido a sí misma.

Además, sus esfuerzos por mantener el control no habían servido de nada. No habían impedido que su cuerpo reaccionara como si hubiera vuelto a casa, al hogar perdido. No podían evitar que un simple beso la cegara tanto como la luz del sol. No podían apagar la necesidad salvaje que la dominaba hasta el punto de destruir cualquier posibilidad de mantener despierto su instinto de supervivencia.

Estaba tan excitada que sus piernas apenas la sostenían. Se había apoyado en la dura superficie de su cuerpo, cuyos músculos y huesos eran lo único que la mantenía en pie. Deseaba a ese hombre. Lo había deseado desde el momento en que se conocieron, y el paso del tiempo no había por reducir el ansia que sus besos despertaban en ella.

La distancia y los años no habían hecho otra cosa que avivar el fuego. De hecho, su necesidad había llegado a ser tan absoluta que bastó una simple chispa, aquel beso, para derrumbar las murallas que había levantado a su alrededor.

–Pietro...

El deseo de Marina era tan perentorio que el nombre sonó a grito ahogado en su garganta. No quería malgastar el tiempo. Hasta el segundo necesario para pronunciar *Pietro* le parecía una espera excesiva.

Tomó aire y lo volvió a perder, inmediatamente, bajo la presión de aquella lengua excitante que le acariciaba los labios para que abriera la boca y pudiera intensificar el beso. Y si su corazón ya se había desbocado antes, ahora se sentía como si estuviera a punto de estallar, borrando sus pensamientos con ello.

Pietro alzó las manos y le quitó la goma de la coleta. Después, introdujo los dedos en su cascada de cabello sedoso y los cerró para mantenerla presa y que su cabeza permaneciera en la posición que quería, ligeramente inclinada, para besarla mejor.

Había pasado mucho tiempo. Demasiado tiempo para Marina, que ansiaba aquella conexión sensual, ardiente, embriagadora. Demasiado tiempo desde la última vez que había sentido ese vacío en la boca del estómago.

–Demasiado... –suspiró contra su boca.

–Sí, demasiado –dijo él.

Pietro cruzó con ella la sala hasta que Marina sintió una pared contra la espalda. Luego, aprovechando que Marina podía apoyar la cabeza, la besó con más fuerza y ardor, con una intensidad renovada.

Marina se dejaba llevar, renunciaba a mantener el control y lo tomaba sucesivamente, uniendo sus lenguas en la danza de la pasión.

Habían olvidado dónde estaban. No eran conscientes de que seguían en la sala de juntas del bufete de Matteo, con su mesa larga y sus sillones formales, con sus ventanas que la lluvia azotaba.

Y no lo recordaron hasta que, poco después, alguien llamó suavemente a la puerta. Entonces, volvieron a la realidad.

–¿Pietro?

Marina pensó que Matteo Rinaldi no se habría atrevido a interrumpir al príncipe D'Inzeo sin un motivo verdaderamente importante. Sin embargo, Pietro le lanzó una mirada de pocos amigos e intercambió con él unas palabras en italiano, rápidas y desabridas, que Marina no pudo entender.

La cabeza le daba vueltas. No podía pensar con claridad.

Pero no se debía a la súbita interrupción ni al efecto de los besos de su esposo ni al impacto de perder el contacto con él, que la había dejado tan débil que se alegró de estar apoyada en la pared.

El motivo era bien distinto. No sabía lo que estaba haciendo. Había perdido el juicio. No contenta con dejarse llevar por las atenciones de Pietro, lo había animado de forma activa y se había sumado voluntariamente.

Era un error. Un tremendo error.

—Estúpida, estúpida, estúpida —se dijo en voz baja, aprovechando que los hombres seguían discutiendo.

Conocía a Pietro, sabía cómo pensaba y cómo se aprovechaba de la gente. Y sin embargo, se había entregado a él.

A decir verdad, eso era lo más excitante de todo. Marina sabía por experiencia propia que era seductor hasta el extremo de ser capaz de vaciar la mente de una mujer y dejarla convertida en una masa de impulsos y necesidades sexuales, en poco más que una marioneta a merced de sus manos.

A fin de cuentas, había utilizado el mismo truco para convencerla de que se casaran, aunque ella pensaba que llevaban juntos poco tiempo y que no se conocían lo necesario.

Cuando le mostró sus reservas, él se burló de su preocupación. Y más tarde, al ver que ella insistía, la tranquilizó con dulces y sensuales palabras y con caricias aún más dulces y más sensuales.

Marina se había convencido de que la había manipulado con sus atenciones para llevarla a la cama. Pero no podía negar que le hizo el amor de una forma tan experta, tan intensa y tan apasionada que luego, cuando abrió los ojos y miró el techo de aquella habitación, no encontraba sentido a ninguna de sus preocupaciones anteriores.

Al final, ya no quería pensar.

Se había enamorado y no quería otra cosa que casarse con él, aunque la boda le siguiera pareciendo apresurada.

Y ahora, dos años después, había cometido el mismo error. Se había dejado llevar por la pasión que sentía. Si Matteo no hubiera tenido la valentía de llamar a la puerta e interrumpir a su jefe, habrían terminado haciendo el amor contra la pared.

La verdad le incomodó tanto que no quiso pensar. Era demasiado dolorosa.

—Todo está bien —oyó decir a Pietro.

Cuando su marido cerró la puerta, Marina decidió intervenir.

—No, no está bien.

—¿Cómo?

—Sólo estará bien cuando me dejes libre.

Él se quedó atónito. Ella aprovechó la ocasión para empujarle en el pecho y apartarse rápidamente.

—¿Qué diablos...?

Pietro no salía de su asombro. Si no lo hubiera visto con sus propios ojos, no habría creído que Marina fuera capaz de cambiar de humor tan rápidamente, en lo que a él le habían parecido unos pocos segundos.

La ardiente mujer de antes se había convertido en una mujer helada, con la dureza de una estatua de mármol.

Sus ojos verdes, que antes brillaban con deseo, ahora estaban apagados y opacos. Incluso se había molestado en atusarse el cabello, antes revuelto, y en volver a meterse la blusa por debajo de la falda.

—¿A qué estás jugando, Marina?

Su voz sonó tan ronca y baja que ni él mismo la

reconoció. Se sentía extrañamente traicionado, engañado.

Se preguntó cómo era posible que Marina cambiara tan deprisa de actitud. Cómo era posible que de repente se comportara como si no hubiera ocurrido nada entre ellos, como si no hubiera sentido aquella conexión.

Al pensarlo, cayó en la cuenta de que le había hecho lo mismo antes de separarse de él. Empezó a mantener las distancias, le daba la espalda y, al final, lo expulsó de su vida. Fue como si hasta la pasión que los había unido hubiera muerto.

Pero el beso de aquella mañana demostraba que su pasión seguía viva.

Seguía allí con una fuerza salvaje, feroz y primitiva que aún sentía en su cuerpo como una especie de corriente eléctrica que escapara a su control.

—¿No me has oído? He dicho que...

—Sé lo que has dicho —lo interrumpió ella con frialdad—. Lo he oído perfectamente. Pero las cosas son como son.

Él frunció el ceño, confuso.

—No estoy jugando a nada, Pietro. De hecho, creo que no he hablado más en serio en toda mi vida. He venido a Sicilia para poner punto final a nuestro matrimonio y eso es exactamente lo que quiero hacer.

—Sí, ya lo veo —ironizó.

Ella le lanzó una mirada desdeñosa.

—¿Acaso crees que un simple beso es todo lo que necesitas para que vuelva contigo y vuelva a aceptar el desastre de tu relación?

—Pensaba que era nuestra relación —puntualizó.

–¿Nuestra? Habría sido nuestra, como dices, si hubiera sido una relación entre iguales –replicó ella–. Pero no se puede decir que lo fuera.

–¿Qué insinúas, Marina?

–Lo sabes de sobra.

–No, no lo sé. ¿Es que yo te obligué a casarte conmigo? ¿Es que te extorsioné? Si no recuerdo mal, te casaste de muy buena gana.

–Es cierto, no lo voy a negar. Pero entonces no podía pensar con claridad... te deseaba demasiado. Y ya que tienes tan buena memoria, tal vez recuerdes que fuiste tú quien insistió en que nos casáramos.

–¡Porque te habías quedado embarazada!

Pietro tenía razón. Había sido un error terrible; se olvidó de tomar la píldora y se quedó embarazada. Pero Marina seguía pensando que él había aprovechado la circunstancia para presionarla y empujarla a una boda que no quería. Le daba pánico que volviera a Londres. La simple idea de que se pudiera acostar con otros hombres lo volvía tan loco de celos que, en su opinión, había aprovechado el embarazo para atraparla.

–Sí, porque me quedé embarazada y porque tú insististe en que tu precioso heredero llevara el apellido de tu familia. No me diste tiempo para pensar.

–¿Es que necesitabas pensarlo?

–Por supuesto que sí. Si en aquella época hubiera estado en mi sano juicio, me habría dado cuenta de que no nos conocíamos lo suficiente.

–Pero estaba el niño... Yo quería ese niño. Y te quería a ti.

Ella sacudió la cabeza.

—Sí, querías al niño. Y me querías a mí porque era inseparable del niño. Pero si no hubiéramos forzado las cosas por culpa de mi embarazo, habríamos comprendido que lo nuestro era un simple encaprichamiento, una aventura, una relación puramente sexual cuyas llamas se apagarían con rapidez.

—Eso no es verdad, Marina.

—Claro que lo es. Si no me hubiera quedado embarazada, lo nuestro habría durado poco. Uno de los dos se habría cansado en algún momento.

—¿Como tú te cansaste?

Pietro le dedicó una mirada llena de amargura, sin ningún calor.

A Marina le pareció increíble que lo tuviera que preguntar. Por supuesto que se había cansado. Fue exactamente lo que le dijo en la carta que le envió dos semanas después de abandonarlo; le dijo que estaba cansada de su matrimonio y que quería recuperar su libertad. Y añadió que se había arrepentido de casarse con él incluso antes de perder al niño.

Además, Marina había malinterpretado a Pietro. Cuando perdió al niño, él quedó sumido en una desesperación tan profunda que se concentró totalmente en su trabajo. Era su única tabla de salvación. Y no se atrevía a hablar con Marina, a compartir sus sentimientos, porque tenía miedo de que lo malinterpretara y creyera que se sentía decepcionado con ella.

Poco a poco, su esposa se fue alejando de él. Además, Pietro empezó a dormir solo porque el médico le había recomendado que le diera un poco de espacio para facilitar su recuperación. Marina nunca dijo que lo quisiera otra vez a su lado. Y Pietro intentó reconquistar su afecto de la única forma que sabía, con besos y caricias.

Ahora, dos años después, había llegado a su corazón del mismo modo. Durante unos minutos, ella se había derretido entre sus brazos y todo había vuelto al principio, como si no hubiera pasado nada, como si no se hubieran separado.

Si Matteo no hubiera llamado a la puerta, habría tenido una oportunidad. Pero desgraciadamente, llamó.

—No me diste tiempo para pensar —insistió Marina—. Pero ahora no lo necesito... lo he pensado largo y tendido. He pensado en ti y en nuestro matrimonio. Quiero que nos divorciemos de una vez por todas. Y no voy a cambiar de opinión.

—Quizás deberías esperar a saber qué hay en mi oferta.

—Ya te he dicho que no quiero nada.

—Has dicho que no quieres mi dinero —le recordó.

—Ni tu dinero ni tus besos.

Pietro maldijo su suerte.

Si su abogado no los hubiera interrumpido, habrían hecho el amor contra la pared o en la alfombra de la sala. Si no hubiera llamado, habrían vuelto a vivir el fuego, el hambre y el calor de los viejos tiempos.

Porque Pietro sabía que su deseo era recíproco. Y porque a pesar de lo que había pasado entre ellos, la deseaba tanto como el día en que se acostó con ella por primera vez.

Tanto como entonces o, quizás, más. Al fin y al cabo habían sido dos años de separación; dos largos y vacíos años sin tenerla en su cama; dos años en los que se había sentido como si estuviera en el desierto sin agua y sin comida.

La deseaba más que a ninguna otra mujer en el mundo y no iba a permitir que se marchara sin volver a probar su cuerpo y sin volver a saciarse con él. La deseaba con desesperación. Necesitaba estar con ella.

Pero, para lograrlo, tendría que convencerla de que se quedara. Y conociendo a Marina, no iba a ser fácil. Si la presionaba en una dirección, ella tomaría la contraria.

Justo entonces, se dio cuenta que había dado con la clave.

—Está bien. Supongo que tienes razón.

Marina miró a Pietro con desconcierto, especialmente, porque se alejó de ella y no se detuvo hasta llegar al extremo contrario de la sala.

—¿Has leído los documentos de mi propuesta?

Mientras lo preguntaba, él alcanzó los papeles que Marina le había lanzado a la cara y los ordenó.

—No.

Ella se preguntó qué pretendía. Quizás fuera una prueba, quizás quisiera tentarla para ver si dudaba o mostraba alguna debilidad. Y como seguía pensando que Pietro lo reducía todo al dinero, le molestó.

—¿Para qué? —continuó—. ¿Qué sentido tiene? No hay nada que me puedas ofrecer para que permanezca a tu lado.

Pietro guardó los papeles de Marina en el maletín que había llevado a la reunión y lo dejó sobre la mesa, cuidadosamente alineado con el resto de los objetos.

A Marina le pareció una burla feroz que se molestara en ordenar lo que, a fin de cuentas, no era sino la sentencia de muerte de una relación que había sido maravillosa o que, por lo menos, fue maravillosa hasta que ella se convenció de que su marido no la amaba y de que no la había amado nunca.

Cuando se quedó embarazada, él no lo dudó. Un hijo de un D'Inzeo no podía nacer fuera del matrimonio. Y en su momento, ella se sintió tan agradecida de que no se enfadara con ella por el enorme error que había cometido al olvidarse de tomar la píldora, que no le importó que quisiera casarse sin una declaración previa de amor.

Marina se dijo que quería casarse y que eso era suficiente. Se dijo que el resto, llegaría después. Y se engañó a sí misma.

—Por lo que a mí respecta, puedes tomar esos documentos y arrojarlos al Etna o al mar. No me importa en absoluto.

Harta y desesperada, se acercó a la puerta, la abrió y llamó al abogado.

—Ya puedes entrar —dijo—. Tenemos que hablar de negocios.

—¿A qué te refieres con eso? —preguntó Pietro—. ¿A poner fin a nuestro matrimonio?

Marina lo miró con sorpresa. Si no lo hubiera conocido mejor, habría pensado que lo preguntaba con tristeza, como si realmente lamentara la ruptura.

–Por supuesto. ¿A qué otra cosa me puedo referir?

Él asintió y volvió a adoptar su expresión impasible de costumbre.

–De acuerdo, Marina. Pero si es verdad que no quieres nada de mí, no necesitamos ni tribunales ni abogados para llegar a un acuerdo –observó él–. Matteo, tus servicios ya no son necesarios. Puedes olvidar el asunto.

Matteo abrió la boca para protestar, pero Pietro añadió:

–Mi esposa y yo lo discutiremos en privado y te llamaremos más tarde para que te encargues de los detalles legales. ¿Te parece bien, Marina?

–Bueno...

Marina no supo qué decir. Aparentemente, había conseguido lo que quería. Aparentemente, Pietro le iba a conceder el divorcio.

Pero no las tenía todas consigo.

Además, discutir en privado con él era lo que había intentado evitar desde el principio. En cuanto Pietro la tomó entre sus brazos y la besó, ella dejó de pensar y perdió el control de la situación.

Tendría que mantenerse atenta, con la guardia en alto.

–Sí, por supuesto –dijo al final–. Si es necesario...

–En tal caso, os dejo a solas –se despidió Matteo.

Pietro asintió con un gesto de triunfo. Acto seguido, se acercó al sillón donde el abogado había dejado la trenca de Marina y la alcanzó.

—¿Adónde vamos?

—En primer lugar, a tu hotel.

—¿A mi hotel? ¿Por qué? —preguntó, alarmada.

El simple hecho de mirarlo a los ojos, bastó para que Marina sintiera la necesidad de dar un paso atrás, pero se contuvo. Si retrocedía, él se daría cuenta de que su cercanía física la ponía nerviosa.

—Porque si sigues con esa trenca, te vas a empapar. No sé si te has fijado, pero está lloviendo a mares... y naturalmente, no puedo permitir que vuelvas al hotel andando cuando te puedo llevar en coche. Sería muy poco caballeroso por mi parte.

Ella lo miró con desconfianza y guardó silencio.

—¿Es que tienes miedo de que te lleve al hotel, *cara*? —susurró él.

—Yo no tengo miedo de nada —aseguró.

Su marido le ofreció la trenca y ella metió los brazos en las mangas, permitiendo después que la levantara lo necesario para cerrarla sobre los hombros. Marina pensó que sólo le había puesto la prenda porque sabía que se sentiría como una marioneta.

—Me alegro —ironizó Pietro.

—¿Es que te parece que tengo miedo?

—Por supuesto que no.

Por la sonrisa de Pietro, ella supo que le estaba tomando el pelo. Y un segundo más tarde, cuando él le sacó el cabello del cuello de la trenca, Marina tuvo que hacer un esfuerzo para contenerse. Su contacto la volvía loca.

Además, era consciente de que Pietro se había salido con la suya. La había provocado con el co-

mentario del miedo porque sabía que era muy orgullosa y que preferiría estar muerta antes de admitir
que estaba asustada. Ella misma se había conde-
nado. Ahora no tenía más remedio que aceptar el
viaje al hotel.

Sin embargo, a Marina no le preocupó en exceso.
Sólo se trataba de mantener una conversación en privado y solventar las cosas; una conversación que
seguramente mantendrían en algún lugar público,
como el bar del propio hotel o algún restaurante.

Pensó que no podía pasar nada malo.

Pero sus pensamientos y sus emociones iban por
caminos diferentes.

Cuando salieron de la sala de juntas, Marina se
acercó a Matteo o dijo:

–Gracias por tu ayuda, Matteo. Gracias por to-
marte tantas molestias.

–De nada...

Marina supuso que el abogado habría notado la
tensión y la corriente eléctrica que había entre su
marido y ella, como la de una tormenta que estuviera a punto de estallar. Pero al girarse hacia la salida, vio que Pietro la estaba esperando con un gesto
de relajación absoluta, como si se encontrara perfectamente cómodo con la situación y tuviera todo
el tiempo del mundo por delante.

–¿Preparada? –preguntó él.

Ella asintió.

–Preparada.

A decir verdad, no estaba preparada en absoluto.
Sabía que Pietro tramaba algo. Por muy amable que
se mostrara, Marina lo conocía bien y estaba segura

de aquella expresión relajada ocultaba algo oscuro y peligroso.

Su táctica inicial le había sorprendido. Pietro no esperaba que rechazara su dinero y que no quisiera más compensación que el divorcio y su libertad. Pero la experiencia le decía que el príncipe D'Inzeo no reaccionaba bien con ese tipo de sorpresas. Más tarde o más temprano, se vengaba.

Evidentemente, quería recobrar el control de la situación y había trazado algún tipo de plan para conseguirlo.

Marina lo sabía de sobra.

Pero no sabía qué pretendía hacer cuando lo recobrara.

Capítulo 5

MARINA le dio el nombre del hotel a rega-
ñadientes. Pietro la llevó en coche y sonrió para sus adentros cuando llegaron a la
calle del establecimiento y vio el edificio a lo lejos,
aunque no supo si sentirse irritado o encantado con
su elección.

Su aspecto era peor de lo que recordaba. Estaba
en el casco histórico de la ciudad, junto al teatro
Massimo, pero eso era lo mejor que se podía decir
de él. La pintura de la fachada se caía a pedazos y
las escaleras de la entrada estaban tan viejas que parecían a punto de hundirse.

Se preguntó por qué habría elegido aquel hotel
cuando habría estado más cómoda en cualquier otro
lugar. Y aquella pregunta le llevó a otras, quizás
más importantes. Porque su esposa había afirmado
que no quería absolutamente nada de su matrimonio, pero cabía la posibilidad de que fuera una es-
trategia para sacarle más.

La afirmación de Marina no tenía ni pies ni cabeza. Si era verdad que no quería nada de él, resultaba absurdo que no le hubiera pedido el divorcio
antes. A no ser, por supuesto, que su relación con
Stuart hubiera cambiado las cosas.

Al pensar en Stuart, frunció el ceño.

–Ya hemos llegado.

Aquéllas fueron las primeras palabras que Marina pronunciaba desde que salieron del bufete de Matteo. Se había mantenido recta, casi rígida, en el asiento del coche, aferrando su maletín como si la vida le fuera en ello.

Pero a Pietro no le incomodó en absoluto. Estaba acostumbrado a que su esposa levantara ese tipo de barreras a su alrededor. Y por otra parte, su empeño en no apartar la vista del parabrisas sirvió para que él pudiera disfrutar de la visión de su perfil.

Adoraba a esa mujer. A pesar de todo lo que había pasado, no iba a permitir que volviera a su vida para desaparecer de nuevo. El beso que se habían dado en la sala de juntas le había demostrado que la quería tanto como al principio de su relación. Por lo menos, desde un punto de vista físico.

Además, estaba seguro de que podía convencerla de que ella deseaba lo mismo. Su respuesta al beso había sido tan abierta, tan reveladora, tan deliciosamente sensual, que sabía que Marina también lo deseaba. Aunque habría preferido morir antes que aceptarlo.

Justo entonces, notó un movimiento junto a la entrada del hotel y vio lo que no había visto hasta ese momento.

En la parte superior de la escalinata se había congregado un grupo numeroso de personas. Pietro ni siquiera necesitó ver las cámaras y los micrófonos para saber lo que eran. Tenía mucha experiencia con los paparazis.

Por lo visto, la prensa se había enterado de que la esposa del príncipe D'Inzeo había regresado a la ciudad. Y el hecho de que Marina se hubiera alojado en un establecimiento de tan poca categoría, habría avivado su interés.

–He dicho que ya hemos llegado –repitió ella, con brusquedad, ante el silencio de Pietro–. Ése es mi hotel.

–Ya me he dado cuenta.

Sin embargo, Pietro no giró para tomar el vado del hotel. De hecho, ni siquiera redujo la velocidad.

–¿Qué estás haciendo? ¡Pietro!

La exclamación de Marina le recordó lo impulsiva e imprevisible que podía llegar a ser su esposa. En el pasado, esas características le habían encantado porque facilitaron que la sedujera, pero ahora, en aquella situación, podían ser contraproducentes.

–¿Se puede saber a qué estás jugando? –insistió ella.

–No estoy jugando a nada.

–¿Cómo que no? Has pasado de largo...

–Créeme, *carina*, esto no es ningún juego. Yo nunca juego con asuntos tan serios como éste –afirmó.

–¿Con asuntos como éste? ¿De qué asuntos estás hablando? –quiso saber–. ¡Déjame salir del coche!

Pietro sacudió la cabeza.

–De ninguna manera.

Marina se quedó sin habla.

–He dicho que teníamos que hablar en privado y hablaremos en privado –continuó él.

–Podemos hablar en el hotel.

–Sí, por supuesto... –dijo con tono de ironía–. Con las dos docenas de paparazzis hambrientos de noticias que te estaban esperando en la puerta y que serían capaces de arrancarte la carne para conseguir un buen titular.

–¿Los paparazzis? ¿Había paparazzis?

Marina se giró y miró hacia atrás.

–Me temo que sí –respondió él con impaciencia.

–No los he visto.

–Afortunadamente, mi vista es mejor que la tuya. De lo contrario, habría sido como arrojar un cordero a una manada de lobos.

–Oh, venga ya... dudo que la prensa tenga tanto interés en nosotros. A fin de cuentas, ¿qué querrían saber? Sólo...

Marina no terminó la frase. Pietro le lanzó una mirada tan intensa y peligrosa que la volvió a dejar sin habla.

–Sólo que la princesa D'Inzeo ha vuelto inesperadamente a la isla después de haber abandonado a su marido cuando ni siquiera habían cumplido su primer año de matrimonio –le recordó él–. La prensa está deseando hincar el diente a los detalles más sórdidos de nuestro pasado. Quieren saber qué pasó para que un matrimonio que parecía tan perfecto, terminara de un modo tan repentino.

–Ah...

–Ten en cuenta que no saben nada. Hicieron todo lo posible por averiguar lo que había sucedido, pero no se salieron con la suya.

Pietro dio un volantazo y tomó una calle perpendicular.

–Y ahora lo quieren convertir en el peor escándalo posible...

–En efecto.

–Pero no tiene sentido. Si no hay ningún escándalo...

–Piénsalo un momento, Marina.

Marina llegó a la conclusión de que tenía razón. Los periodistas querrían indagar en su vida privada y sacar a la luz todos sus trapos sucios. El simple hecho de pensarlo bastó para que se sintiera enferma.

–Como ya he dicho, habría sido arrojar un cordero a los lobos. ¿Todavía quieres que vuelva al hotel?

Marina sacudió la cabeza, horrorizada.

–Lo suponía –añadió Pietro.

–Dime una cosa... cuando yo me marché, ¿te persiguieron?

Pietro la miró un momento y contestó:

–Por supuesto. ¿Qué esperabas?

Marina se sintió muy culpable. Era consciente de que las revistas y los periódicos se habían mostrado enormemente interesados por su matrimonio. Y por mal que se hubiera portado con ella, también lo era de que Pietro había hecho todo lo posible para protegerla de la gente de la prensa.

–Lo siento, Pietro.

–¿Por qué? ¿Por llevarlos a mi puerta? –preguntó–. No fue culpa tuya. Se habrían presentado de todas formas.

–Tal vez sea cierto, pero nunca te di las gracias por lo que hiciste. Me los quitaste de encima cuando perdí al bebé y me los quitaste de encima cuando nos separamos.

Marina sabía que los periodistas sólo la habían dejado en paz porque Pietro dio una rueda de prensa cuando se separaron y se interpuso más tarde, como un escudo, entre los paparazzis y ella.

Pero al mismo tiempo, la actitud serena y firme que adoptaba con los periodistas la había irritado profundamente en su momento porque le recordaba demasiado a la frialdad que le dedicaba a ella. Habría dado cualquier cosa por conseguir que reaccionara. Habría dado cualquier cosa por conseguir que admitiera que se sentía decepcionado.

Y al final, lo consiguió.

–¿Decepcionado? –le había dicho él dos años atrás–. Maldita sea... claro que me siento decepcionado. Me habría gustado tener un heredero.

–¿Y eso es todo? ¿Todo lo que te importa?

–No. También me siento decepcionado porque cometimos un error al casarnos. Deberíamos haber esperado.

–¿Y por qué no quisiste esperar?

–Porque te habías quedado embarazada. Si hubiéramos esperado, se habría sabido y se habría organizado un escándalo.

Aquel día, algo se rompió en el interior de Marina. Una parte de su corazón se cerró del todo, para protegerse del dolor.

Pero eso era agua pasada. Ya no lo podían cambiar.

–Si se enteran de que nos vamos a divorciar, se lanzarán sobre nosotros y publicarán todos los detalles sórdidos que puedan —dijo él, devolviéndola al presente.

—Hay algo que no entiendo, Pietro.

—¿Qué?

—¿Por qué ahora? Has esperado dos años para pedirme el divorcio... ¿por qué me lo pides ahora? —repitió.

—¿Es que no es obvio?

Marina pensó que no lo era absoluto; al menos, para ella.

Sacudió la cabeza, la giró hacia la ventanilla y se dedicó a contemplar las calles de Palermo para que él no le pudiera ver los ojos. Tenía miedo de que pudiera leer sus pensamientos; de que adivinara la desesperación que había sentido cuando su matrimonio se rompió, de que fuera consciente de lo mucho que había deseado que fuera a buscarla, incluso a pesar de todo lo que él le había hecho.

Pero Pietro no había ido a buscarla. Sólo le había enviado una carta para ordenarle que volviera a Sicilia. Nada más.

—No, no lo es —contestó.

—Me pareció el momento oportuno... tengo ciertas obligaciones con la familia. Necesito un heredero, por no mencionar que a mi madre le gustaría ser abuela antes de llegar a la vejez —le confesó.

—Por supuesto. Necesitas un hijo que cuente con la aprobación de tu madre —declaró con amargura.

—No te enfades con ella, Marina. Mi madre se puso en tu contra porque cree que me tendiste una trampa para que me casara contigo. Pero yo le hice ver que fue una decisión de los dos y que hacen falta dos personas para tener un hijo.

Ella no dijo nada.

—Además, estoy seguro de que habría cambiado de actitud si... si no hubiéramos perdido al pequeño —añadió.

—Y dime, ¿tiene alguna candidata en mente? Para casarse contigo, quiero decir.

—Sí, tiene unas cuantas —respondió con humor—. Si me casara con alguna de ellas, creo que hasta estaría dispuesta a perdonarme por haber conseguido que mi primer matrimonio terminara en divorcio.

Marina se estremeció al oír lo de su *primer matrimonio*. Al final, todo se reducía a dos simples y cortas palabras.

—Pero todavía no han pasado dos años —dijo ella—. Teniendo en cuenta las leyes de tu país, pensé que...

—¿Qué pensaste?

—Bueno, sólo tenías que esperar dos meses más para conseguir que te concedieran el divorcio automáticamente. ¿Por qué me lo has ofrecido ahora?

Pietro sacudió la cabeza.

—A veces no te entiendo, Marina. Es evidente. Te he ofrecido el divorcio porque sabía que querías recobrar tu libertad —respondió.

Ella se quedó perpleja.

—¿Porque lo sabías?

—Sí, sabía que querías seguir con tu vida. Obviamente, no te puedes volver a casar mientras estés casada conmigo.

—¿Volverme a casar?

Marina tardó unos segundos en comprender lo que ocurría.

—Dios mío, lo dices por Stuart...

Él se mantuvo en silencio.

—¿Cómo sabes lo de Stuart? ¿Es que me has estado vigilando? —preguntó, molesta.

Pietro no dijo nada. Siguió conduciendo y mirando hacia delante, pero ella notó que entrecerraba los ojos.

—¿Por eso lo has hecho? ¿Porque hay un hombre nuevo en mi vida y crees que me quiero casar con él?

—Lo que hagas con tu vida es asunto tuyo —dijo él, muy serio.

La sorpresa de Marina aumentó varios grados. Por el tono de voz de su marido, cualquiera habría dicho que estaba celoso. Pero no podía ser cierto. Para estar celoso, tendría que haber sentido algo por ella. Y Pietro no sentía nada por ella.

—No tengo ni la menor intención de casarme con Stuart. Si me has ofrecido el divorcio por eso, te podrías haber ahorrado las prisas. Podrías haber esperado un par de meses más y lo habríamos obtenido sin complicaciones.

—No quería esperar dos meses más.

La respuesta de Pietro le hizo daño, pero Marina pensó que se lo había buscado ella misma y prefirió no decir nada.

—No quería divorciarme sin pensarlo con detenimiento —continuó Pietro—. Un matrimonio es algo demasiado importante como para romperlo así como así, sin considerar las cosas con calma y sin hablar antes con la otra persona.

—¿Y eso justifica que me raptes?

—Yo no te he raptado. Estás aquí por voluntad propia.

—Oh, vamos... me has presionado para que fuéramos al hotel —puntualizó–. Además, no puedes tratarme como si yo fuera una marioneta y esperar que me guste.

Pietro sonrió.

—Bueno, no esperaba que te gustara.

Ella lo miró con extrañeza.

—Marina, te recuerdo que has sido tú quien ha rechazado mi oferta de divorcio y quien me ha obligado a prescindir de los servicios de Matteo. No me has dejado elección —declaró–. Además, no es verdad que te haya presionado.

—Bueno, eso depende de lo que se entienda por *presionar*. Un hombre al que no quiero volver a ver me mantiene encerrada en un coche. ¿Cómo lo llamarías tú? ¿Ser amablemente persuasivo? ¿Cuidadosamente considerado? —ironizó–. Dijiste que me llevarías a mi hotel.

—Pero tu hotel está infestado de paparazzis. Y por otra parte, temo que, si te llevo a él, aproveches la ocasión para huir y evitar la conversación en privado que me has prometido. Los hoteles tienen puertas y llaves. No me gustaría que me cerraras una de esas puertas en las narices.

Marina pensó que la conocía muy bien. Eso era exactamente lo que había pensado: meterse en su habitación a toda prisa, cerrar la puerta y echar la llave. Sólo entonces, estaría a salvo de su presencia peligrosamente seductora, a salvo de los lazos sexuales que estrechaba a su alrededor por el simple procedimiento de existir.

Estar sentada allí, en el espacio cerrado del coche, era como estar metida en una sauna. Su aroma le embriagaba los sentidos, y cada vez que se movía para cambiar de marcha o girar el volante, su mirada se sentía irremisiblemente atraída por sus músculos.

Ni siquiera era capaz de mirarlo sin estremecerse. Con su piel morena, su nariz recta y su perfil fuerte, la cara de Pietro parecía la de un emperador romano, salida de una moneda antigua.

—¿Y bien? ¿Servirá de algo que te pregunte dónde vamos? ¿O tampoco vas a responder a esa pregunta?

—Vamos a algún lugar donde podamos estar cómodos, a un lugar donde nadie nos interrumpa —respondió.

Ella sintió un escalofrío. Como si una de las gotas de lluvia que golpeaban los cristales se le hubiera metido por el cuello de la blusa y bajara lentamente hacia su espalda.

—Eso no es una respuesta. Quiero saber dónde vamos.

—Ya lo descubrirás cuando lleguemos. Mientras tanto, ¿por qué no te relajas un poco y disfrutas del viaje?

—Porque no estoy de humor para relajarme.

Pietro soltó una carcajada.

—Bueno, basta de preguntas. En cualquier caso, lo descubrirás pronto.

—En otras palabras, me estás ordenando que cierre la boca y que me limite a obedecer. Muy bien, como quieras. No abriré la boca hasta que sepa adónde me llevas.

Marina lo supo en ese preciso momento. Lo supo por la dirección que habían tomado.

Aparentemente y para su horror, Pietro la llevaba al *castello* D'Inzeo, al enorme edificio del siglo XVII, rodeado de viñedos y de olivares, que había sido el hogar de su familia durante varias generaciones.

Al lugar donde se habían casado dos años antes.

No pudo creer que fuera tan cruel, que estuviera dispuesto a llevarla al sitio donde habían vivido los primeros meses de su matrimonio, donde habían sido tan felices o, más exactamente, donde ella se había creído feliz.

Minutos después, salieron de la ciudad y tomaron la carretera de la costa. El mar Tirreno, con sus aguas sorprendentemente azules, se extendía ante ellos. Marina sintió una punzada en el corazón al recordar la alegría de la primera vez que lo había visto, en esa misma carretera. Con sus olas y su espuma blanca bajo la luz del sol, le había parecido un símbolo del brillante futuro que les aguardaba.

Desgraciadamente, se había engañado a sí misma.

Un día, cuando las cosas ya se habían empezado a estropear, Marina volvió al castillo D'Inzeo con intención de hablar tranquilamente con su esposo y pedirle que volvieran a empezar otra vez. Ella estaba en Londres, pero tomó un avión y se presentó en Palermo veinticuatro horas antes de lo previsto.

Pero Pietro se había marchado de viaje de negocios y le había dejado una nota donde le informaba de que estaría diez días fuera y donde le recomen-

daba que aprovechara ese tiempo para pensar seria-
mente en su relación.

Marina no necesitó diez días. Salió corriendo del
castillo, regresó al coche, arrancó y no se detuvo
hasta llegar al aeropuerto, donde tomó el primer
avión a Londres. Necesitaba poner distancia entre
su marido y ella.

Aquélla fue la última vez que estuvo en el castillo. Su recuerdo le disgustaba tanto que ni siquiera
podía pensar en él.

Y Pietro la llevaba de vuelta a aquel lugar.

Desesperada, estuvo a punto de rogarle que no
lo hiciera. Sin embargo, las palabras no salieron de
su boca.

Cuando vio que su esposo pasaba de largo ante
la desviación del castillo, se sintió tan aliviada que
suspiró sin poder evitarlo.

Por lo visto, se dirigía a otra parte.

A un sitio que no alcanzaba ni a imaginar.

Pero tuvo la respuesta poco después. Al llegar a
lo alto de un acantilado, Pietro redujo la velocidad
y tomó una carretera secundaria que llevaba a una
playa.

Marina lo supo entonces. La llevaba a un lugar
mucho peor, desde un punto de vista emocional,
que el castillo D'Inzeo.

Capítulo 6

VILLA Casalina estaba tal como la recordaba. Pequeña y de un solo piso, se alzaba entre viñas, pitas, higueras y olivos. Casi tres cuartas partes de la propiedad consistían en un gran patio, parcialmente cubierto, de tal modo que el interior y el exterior de la casa se confundían. Y la vista era preciosa. Desde allí se veía el largo y arqueado puente que se alzaba en la entrada del valle de San Cataldo.

En cuanto a la casa en sí, la habían pintado de un color sorprendente. Era rosa. Cuando Marina la vio por primera vez, en su luna de miel, soltó una carcajada.

–¿Qué estamos haciendo aquí?

Pietro le lanzó una mirada rápida mientras detenía el vehículo.

Marina volvió a pensar en los primeros días de su matrimonio, tan perfectos. Por entonces, estaba profundamente enamorada de un hombre al que creía igualmente enamorado. No cayó en la cuenta de su equivocación hasta que se mudaron al castillo. La semana que habían pasado en Casalina sólo había sido un sueño, una fantasía.

–Es un lugar tranquilo. Justo lo que necesitamos –contestó él.

Marina pensó que tenía razón. Era un lugar tranquilo, incluso demasiado tranquilo para su gusto.

En otro tiempo, cuando todo lo que quería era estar a solas con Pietro, la elección de Casalina le habría encantado. Pero las circunstancias habían cambiado mucho. Ahora, la perspectiva de estar a solas con él, le daba miedo.

–¿Vamos?

Los dos salieron del coche.

Pietro caminó hacia la casita con largas zancadas, absolutamente tranquilo, como si el pasado no significara nada para él.

Pero a Marina no le extrañó. Si nunca había estado enamorado de ella, era normal que Casalina no despertara en Pietro los mismos sentimientos. Lo único que lamentaría de aquella época era la pérdida del niño, la pérdida del heredero que necesitaba.

Angustiada, tuvo que hacer un esfuerzo por contener un sollozo.

No se sentía con fuerzas para entrar en la casa. No en ese momento, no con él, no con tantas heridas del pasado.

Por desgracia, no tenía elección.

De repente, miró hacia atrás y echó un vistazo rápido al coche. Pietro había dejado las llaves puestas.

Durante unos segundos, consideró la posibilidad de correr hacia él, meterse dentro y huir a toda prisa. Pero desestimó la idea.

Al pensar en las abarrotadas calles de Palermo, con un tráfico imposible, sintió pánico. Aunque lograra llegar al hotel, no ganaría nada; se encontraría con los periodistas que la estaban esperando y sería como escapar de la sartén para terminar en el fuego. En ese momento no sabía qué le aterrorizaba más, si las cámaras y los micrófonos de la prensa o mantener una conversación íntima con su esposo.

Respiró hondo y se obligó a seguirlo al interior.

La casita era pequeña, con un salón, un dormitorio, un cuarto de baño y una cocina. No había cambiado nada en dos años, ni un solo detalle. Los muebles, los suelos de tarima y el sofá rojo despertaron en ella recuerdos tan intensos que se sintió desfallecer.

Pietro se dio cuenta y preguntó:

—¿Te encuentras bien?

—Sí, por supuesto.

La sonrisa de su marido le pareció tan falsa, tan sospechosa, que se sintió obligada a añadir una explicación:

—Es que está un poco oscuro, ¿no te parece?

Marina no necesitó escudriñar la cara de Pietro, que miró hacia la ventana y echó un vistazo al cielo, parcialmente cubierto, para saber que su explicación no lo había convencido.

La puerta del dormitorio estaba entreabierta, así que pudo ver la cama. Siempre había sido sorprendentemente grande para una casa tan pequeña. Pero Marina no quería pensar en lo que aquella cama le recordaba.

—¿Por qué, Pietro?

–Lo sabes muy bien. Te he traído para huir de los paparazis.

–No me refiero a eso.

–¿Ah, no?

Marina había conseguido despertar el interés de Pietro. Y no supo si debía alegrarse, porque ahora la observaba con una intensidad que la ponía nerviosa. En el minúsculo salón de Casalina, su cuerpo parecía ocupar todo el espacio y sus hombros, anchos, bloquear hasta el más pequeño rayo de sol.

–No. No te pregunto por qué me has traído ahora, sino por qué me trajiste entonces.

–No te entiendo.

–Cuando nos casamos. ¿Por qué me trajiste a un lugar tan pequeño? El castillo sólo está a unos kilómetros de distancia y habría sido más adecuado para una luna de miel.

Pietro se hizo la misma pregunta. Por qué la había llevado a Casalina.

Y ese *porqué* era la clave de todo.

Por qué se había casado con Marina. Por qué había decidido que había llegado el momento de divorciarse de ella. Por qué se había sentido en la necesidad de llevar a su flamante esposa a la casita de campo en lugar de pasar la luna de miel entre los lujos y los refinamientos del castillo D'Inzeo.

–Supuse que te gustaría conocer la verdadera Sicilia, un lugar lleno de belleza donde la vida es sencilla y sin complicaciones. Un lugar donde los limones maduran en los limoneros y donde a veces no hay más movimiento en todo un día que las ovejas que algún pastor lleva a los pastos a primera hora.

Pietro sólo dijo parte de la verdad. Había tenido otro motivo para llevarla a Casalina.

La vida le había dado unas cuantas lecciones, a cual más dura. Sabía por experiencia que muchas mujeres sólo se sentían atraídas por él por su dinero y por su estatus social. Y quería asegurarse de que Marina fuera diferente. Quería alejarla de los lujos y ver cómo respondía ante la sencillez de la vida en el campo.

Además, él siempre había tenido dudas. Tenía miedo de haber cometido un error al casarse con ella de forma tan apresurada, empujado por el deseo. Casalina también podía ser el método perfecto para descubrir si entre ellos había algo más que sexo.

—¿Por qué lo preguntas, Marina? —continuó—. Pensé que habías disfrutado de nuestra luna de miel...

Pietro sabía que había disfrutado. Lo sabía porque la había estudiado con detenimiento. Pero quería su confirmación.

—Y disfruté. Disfruté enormemente.

—¿Entonces?

—Nunca comprendí por qué hiciste las cosas de ese modo.

—Me pareció lo más seguro.

—¿Lo más seguro?

Pietro decidió decirle la verdad.

—Me había llevado unas cuantas decepciones en el pasado. ¿Cómo dice el refrán? Gato escaldado...

—...del agua fría huye.

Él asintió.

—Además, no me pareció ni justo ni apropiado

que pasaras la luna de miel en el castillo, donde vive mi madre.

—No, claro; sobre todo, porque tu madre siempre se opuso a nuestro matrimonio. Quería que te casaras con una siciliana —le recordó—. Nunca me perdonó que fuera inglesa... ni que no te pudiera dar el heredero que querías.

Marina empezó a caminar por el salón, pasando la mano por los muebles. Él la observó y pensó en los primeros días de su relación. Por entonces era una mujer fresca, inocente, muy distinta a las que había conocido. Una mujer que, por otra parte, lo había salvado del matrimonio que buscaba su familia, empeñada en casarlo con la heredera de cualquiera de las familias importantes de Palermo.

Jamás habría imaginado que se llevaría una decepción tan terrible. Jamás habría imaginado que lo abandonaría.

Al pensar en ello, recordó la rabia de Marina cuando, durante la reunión con Matteo, afirmó que no quería nada de él y le arrojó su propia oferta de divorcio a la cara. Lo había dejado completamente desconcertado. Con el transcurso del tiempo, se había llegado a convencer de que se había casado con él por su dinero. Pero ahora decía que no quería su dinero. Y él ya no entendía nada.

—¿Llegaste a leer mi oferta de divorcio?

Marina se giró hacia él y le dedicó una mirada triste.

—No, la verdad es que no. ¿Por qué la iba a leer?

—Si la hubieras leído, habrías visto que te dejaba esta casa.

Ella se llevó una sorpresa. Lo intentó disimular, pero con tan poca convicción que Pietro se dio cuenta.

—¿Por qué, Pietro? —preguntó Marina al cabo de unos segundos—. ¿Por qué querías dejarme esta casa?

Él sólo tenía una respuesta.

La misma respuesta que había rondado sus pensamientos cuando discutió el asunto con su abogado. Matteo le dijo que sus motivos para incluir Casalina en el acuerdo de divorcio eran estúpidos, pero no le escuchó.

—Porque sé que la adorabas.

—¿Cómo?

Marina parpadeó, incapaz de creer lo que había oído. Pietro le quería dejar Casalina porque ella la adoraba. Y eso sólo podía significar una cosa: que sus sentimientos, al contrario de lo había supuesto, le importaban.

Sin embargo, no entendió por qué se lo decía. A fin de cuentas, ella había rechazado su oferta de divorcio.

Tal vez fuera una especie de prueba. Tal vez fuera un truco para hacerle cambiar de opinión o de táctica. Pero en cualquier caso, su confesión le resultó tan impactante que perdió el control durante unos segundos; el tiempo necesario para abrir la boca y traicionar lo que sentía con unas palabras llenas de amargura:

—¿Por qué me haces esto, Pietro?

Esta vez fue él quien se quedó desconcertado.

—¿Cómo puedes ser tan cruel conmigo?

—¿Cruel?

Si Marina le hubiera dado una bofetada, no habría conseguido un efecto más dramático. De hecho, Pietro dio un paso atrás.

–Sí, eso he dicho, cruel.

Pietro permaneció en silencio, esperando una explicación. Pero Marina no tenía fuerzas para explicárselo. Le resultaba demasiado doloroso.

Un momento después, la expresión de Pietro cambió.

Sus ojos se oscurecieron y hasta palideció un poco.

Por fin lo había entendido.

–Cruel –murmuró con un tono distinto–. Maldita sea, Marina... discúlpame. Lo siento. Lo siento muchísimo.

–¿Lo sientes?

–No se me había ocurrido pensar... no me di cuenta de que...

Ella le dejó hablar.

–*Dannazione*... he cometido un error imperdonable al traerte a Casalina y mencionar lo del acuerdo que te ofrecí. Es evidente que este sitio está lleno de recuerdos dolorosos. Recuerdos del niño que perdimos.

Marina repitió en silencio las palabras de Pietro.

Era un principio, pero insuficiente. Su marido sólo parecía encontrar un motivo para pensar que había sido cruel con ella, su hijo.

–Oh, vamos, no me vengas con eso. No parecía que te preocupara tanto cuando lo perdimos –lo acusó.

Marina sabía que no era del todo cierto, que estaba siendo injusta con él. Pero en ese momento no pensaba con claridad. Se sentía demasiado angustiada por el peso de los recuerdos y de las heridas que permanecían abiertas.

–Por supuesto que me preocupaba –se defendió él.

Ella sacudió la cabeza.

–No, sólo estabas decepcionado.

–¿Cómo no iba a estarlo? Quería a ese niño tanto como...

–¡No! –bramó.

–Tanto como tú –sentenció él.

–No digas eso, Pietro. No es verdad.

Los ojos de Marina se llenaron de lágrimas que la cegaron. Ya no veía a su marido. Sólo veía una sombra y ni siquiera habría podido decir si estaba cerca o lejos.

Sin embargo, lo supo cuando él le tocó la mano. Fue un contacto cálido, suave y tan cariñoso que se llevó por delante los últimos restos de su firmeza y de las murallas que había erigido a su alrededor.

–Marina...

–¡Basta!

Dio media vuelta y miró hacia la puerta de la casita.

Quería salir corriendo, huir de los recuerdos y de los sentimientos que la atormentaban. Y ya estaba a punto de hacerlo cuando Pietro llevó la mano a su muñeca y cerró los dedos a su alrededor para impedir que huyera.

–No –dijo él con voz seca y cortante–. No, esta vez no te vas a esconder. No vas a huir de mí... Huiste hace dos años y no volviste. No permitiré que vuelva a ocurrir.

—No me puedes detener. No puedes. No tienes derecho.

—Tengo todo el derecho del mundo. Me lo concediste el día que te casaste conmigo y todavía no nos hemos divorciado. Sigo siendo tu esposo.

—Sólo legalmente.

—Y también soy el padre de nuestro hijo.

Marina pensó que había ido demasiado lejos.

—¡No digas eso! ¡Perdí al bebé! ¡Perdiste el heredero que querías!

Pietro la miró con expresión desafiante.

—¿Y crees que querer un heredero implicaba que no quería a nuestro hijo?

—Puede que lo quisieras, pero a mí no me querías. No me quisiste nunca.

Empujada por una fuerza de la que no era consciente, Marina se lanzó contra Pietro con intención de darle una bofetada. Él se apartó a tiempo y lo impidió, aunque dejó que se desfogara después, golpeándole en el pecho.

—¡Sólo querías lo que te podía dar!

Durante un rato, Marina no hizo otra que cosa que llorar y golpear a Pietro con desesperación y debilidad.

Al principio, él se mantuvo inmóvil. Luego, a medida que las lágrimas la iban dejando sin fuerza, cerró los brazos alrededor de su cuerpo en un gesto que pretendía animarla y apoyarla a la vez.

Entonces, Marina lo miró a los ojos y volvió a sollozar.

No supo cuánto tiempo estuvieron así. Pietro se mantuvo en silencio y, poco después, sus sollozos se detuvieron.

Ella se secó las lágrimas, sin atreverse a mirar a su esposo. Él la llevó al sofá y la sentó en él antes de dejarla brevemente para alcanzar un paquete de pañuelos.

Con suma delicadeza, le limpió la cara y borró el rímel que se le había corrido.

No dijo ni una sola palabra. Se limitaba a limpiarla y a mirarla con detenimiento y el ceño fruncido.

Por fin, él se puso en pie y se metió las manos en los bolsillos de los pantalones. Marina alzó la cabeza y lo miró. Pietro había cerrado los puños como si estuviera haciendo un esfuerzo por controlarse.

—Marina, comprendo que me acuses de no haberte querido lo suficiente. Incluso comprendo que me acuses de no haberte querido nunca. Pero jamás, jamás, jamás me acuses de no haber querido a nuestro hijo.

Pietro había hablado con tal convicción que ella no encontró palabras para responder. Simplemente, asintió, pero de un modo tan débil e imperceptible que no estuvo segura de que él lo hubiera notado.

—El día en que perdiste al bebé, fue uno de los peores días de mi vida —continuó.

La desolación de Marina se mezcló con un intenso sentimiento de culpabilidad. Nunca se había parado a pensar que Pietro también había sufrido. Aunque estuviera obsesionado por tener un heredero, él también había perdido a un hijo.

–Lo siento, Pietro. Siento haberte fallado.

Él la miró con asombro.

–¿Haberme fallado?

Pietro se inclinó, cerró las manos sobre sus brazos y la obligó a levantarse. Los ojos verdes de Marina se encontraron con los azules de su esposo, cuya cara le pareció más dura y severa que nunca.

–Sí.

–¿Y por qué demonios me podrías haber fallado?

–Porque perdí a...

Pietro no dejó que terminara la frase.

–Tú no eres la única persona involucrada. Ese hijo era nuestro, de los dos. Sólo fallamos en una cosa, Marina... en que no lo perdimos juntos.

–Sí, eso es cierto. Ya nos habíamos distanciado para entonces.

Ella lo dijo con amargura, pero por encima de su amargura, se dio cuenta de que Pietro no la culpaba por la muerte del niño. La única persona que la había culpado durante dos años era ella misma.

Se había sentido un fracaso por no haberle dado el heredero que tanto quería.

–Ya ni siquiera me deseabas... –continuó.

–¿Cómo puedes decir eso?

–Lo digo porque es cierto.

Él suspiró.

–Claro que te deseaba. Pero te habías quedado embarazada...

–Y ya no era la mujer perfecta, ¿verdad?

–Por Dios, Marina, ¿tengo que recordarte que ya estabas embarazada cuando nos casamos? Te equivocas por completo... cada vez que te miraba, me enorgullecía de ti por la forma en que cambiaba tu cuerpo, sabiendo que nuestro bebé crecía en tu interior –alegó él–. Todo lo demás carecía de importancia para mí.

–Entonces, ¿por qué dejaste de acostarte conmigo? ¿Por el bien del bebé?

Él volvió a fruncir el ceño.

–Sí. Habría hecho cualquier cosa por nuestro hijo. Además, tú te encontrabas mal... tenías náuseas y no dormías muy bien.

Marina pensó que habría dormido mucho mejor si su esposo hubiera estado con ella, rodeándola con sus brazos.

Desde el momento en que dejaron Casalina y empezaron a vivir en el castillo, ella se sintió completamente perdida. Pietro tuvo que volver al trabajo y ella se quedó cada vez más sola. Ni siquiera podía disfrutar de la compañía de su suegra.

Pero entonces no había sido capaz de confesárselo y, naturalmente, tampoco se lo iba a confesar ahora. A fin de cuentas, acababa de admitir que la pérdida del niño era lo único que le importaba de todo el asunto.

Le dolía tanto que no tuvo más remedio que afrontar la verdad.

Se había convencido de que su relación con Pietro era agua pasada, de que ya no sentía nada por él, de que no quería nada de él.

Pero no era cierto.

Lo había amado con toda su alma y había huido porque no podía soportar que no la quisiera. Tenía que marcharse sin mirar atrás. Porque si miraba atrás, estaría perdida. Porque lo quería demasiado.

Y por lo visto, lo seguía queriendo. Volver a Sicilia había sido como meterse en la guarida del león.

Lamentablemente, había algo peor que eso. Por su comportamiento de los minutos anteriores, Pietro se habría dado cuenta de que aún albergaba sentimientos hacia él, de que no había superado su relación.

Le había abierto el corazón de par en par y había permitido que mirara en su interior. Que viera incluso más de lo que ella misma veía.

Desesperada, se preguntó qué iba a hacer con lo que había descubierto.

Capítulo 7

PALABRAS, palabras...
Marina lo dijo con el tono más normal que
pudo fingir, mientras caminaba hacia la ventana con la esperanza de que sus piernas la sostuvieran.

Al llegar a su objetivo, apoyó una mano en la pared y contempló el patio y el valle que se extendía al fondo. Los contempló por no mirar a Pietro, por olvidar su escrutinio durante unos segundos.

Necesitaba derivar la conversación hacia terrenos más seguros. Hacia terrenos donde pudiera volver a su plan original de marcharse de allí y volver a Londres.

La situación se volvía cada vez más peligrosa para ella. Con cada latido de su corazón, Pietro encontraba nuevas fisuras en sus defensas. Ya había visto demasiado. Y no podía correr el riesgo de que viera más.

–¿No crees que deberíamos hablar de nuestro divorcio? Al fin y al cabo, tengo que subir a un avión para volver a casa. No me gustaría perder el vuelo.

–No tienes ningún vuelo que perder. Has venido en mi avión privado y está a tu disposición –le recordó.

Marina asintió. Efectivamente, el avión era suyo y el piloto le obedecía a él. Lo que significaba que, en la práctica, estaba a merced de Pietro.

–Bueno, de todas formas no hay mucho que discutir...

–Quizás no sobre el divorcio –dijo él–, pero nuestro matrimonio es cuestión bien diferente. Sin embargo, creo que deberíamos comer antes.

Marina lo miró con incredulidad.

–¿Comer?

Pietro caminó hacia ella y se detuvo.

–Sí, comer. Es más de la una... Yo estoy hambriento, así que supongo que tú también lo estarás –afirmó.

–Bueno...

Marina tenía intención de negarlo, pero justo entonces, su estómago hizo un ruido que la traicionó.

Pietro rió y la miró con humor.

–¿Cuánto tiempo ha pasado desde la última vez que comiste algo, Marina?

Ella no respondió, pero no era necesario que respondiera.

–Es igual, no importa... sospecho que ha pasado demasiado tiempo –siguió hablando–. Dejemos el asunto de nuestro divorcio para más tarde.

Por la forma en que él le acarició la mejilla, borrando los últimos restos de sus sollozos, Marina supo que debía de tener un aspecto terrible.

Y se sintió muy agradecida.

–Los dos necesitamos comer algo. Y la pequeña *trattoria* de la playa sigue estando donde estaba...

Marina asintió, deseosa de aceptar la tregua que le estaba ofreciendo. Estaba cansada de pelear. Tenía que recobrar fuerzas.

–¿La que hacía esa maravillosa *pasta con le sarde*?

Él sonrió.

—La misma.

—Pero los paparazis...

—Seguro que siguen en el hotel, esperándote. Además, el tiempo ha mejorado mucho... ha dejado de llover.

En ese preciso momento, el sol apareció detrás de las nubes.

—Pero no llevo ropa adecuada...

—Eso no es un problema.

Pietro se dirigió al dormitorio, abrió el armario, sacó un montón de ropa y la dejó encima de la cama.

—Creo que encontrarás algo que te guste —declaró.

—Es mi ropa... la ropa que dejé aquí...

Pietro asintió.

—En efecto. Y también está la mía.

—Pero ¿por qué... ? Pensé que la habrías tirado.

Pietro eligió unos vaqueros y una camiseta. Después, se quitó la chaqueta del traje y se empezó a desabrochar la camisa.

—Pues te equivocaste. Además, no había vuelto a Casalina desde entonces.

—¿No?

—No.

La respuesta de Pietro desató un sinfín de dudas y preguntas en Marina, pero no dijo nada porque no le pareció el momento más oportuno.

Pietro se quitó la camisa y la dejó junto al montón de ropa. Ella contempló su pecho desnudo y recordó el contacto de su piel y el roce de su vello oscuro contra los pechos, que tanto la excitaba.

Permaneció inmóvil, contemplándolo, hasta que él

se llevó las manos al cinturón de los pantalones. Sólo entonces, Marina reaccionó, eligió entre las prendas y se metió en el cuarto de baño para cambiarse en soledad.

El acto de quitarse la trenca y la blusa se pareció demasiado a quitarse la armadura que la había acompañado todo el tiempo desde que aterrizó en Sicilia. Además, la blusa de color turquesa y los pantalones blancos que estaba a punto de ponerse le recordaron a la Marina que había sido, a la jovencita ingenua que se había casado con Pietro.

A una Marina más feliz.

Se giró y se miró en el espejo. Se notaba que había estado llorando y, a pesar de los esfuerzos de su esposo, aún tenía restos de rímel. Pero paradójicamente, tenía mejor aspecto en muchos meses.

Sus ojos habían recobrado parte de su antiguo brillo y sus mejillas, parte del rubor.

—Ten cuidado —se dijo en voz alta—. Ten mucho cuidado.

Sin embargo, a pesar de decírselo en voz alta, una parte de ella se negaba a escuchar. Y cuando se giró hacia la puerta para volver al salón, después de haberse lavado la cara y de haberse cambiado de ropa, la aceleración de su corazón le dijo que se estaba internando en aguas profundas.

Conocía el peligro que corría.

Pero no le importaba.

El día estaba llegando a su fin cuando volvieron a ver la casita de campo, cuya fachada reflejaba los tonos dorados y rojizos de la puesta de sol. Parecía un lugar mágico, salido de un sueño. Al igual que la tarde que Marina había pasado con su esposo.

Pietro le había regalado unas horas preciosas, completamente alejadas de la tensión del divorcio y de los recuerdos del pasado. Pasearon, charlaron y compartieron una botella de vino y una comida excelente.

Marina disfrutó cada segundo. Lo único que había despertado su inquietud eran los roces ocasionales de sus cuerpos, porque entonces tenía que hacer un esfuerzo por contenerse y no tomarlo de la mano.

Ahora, mientras volvían a Casalina, tuvo la sensación de que las sombras de la noche que se acercaba eran las sombras de su vida, que se volvían a cerrar a su alrededor.

La tregua había terminado. El paréntesis idílico había terminado. Estaban a punto de volver a su batalla privada.

Además, ya no podía retrasar lo inevitable. Y cuando entraron en la casa, decidió adelantarse a Pietro y retomar la conversación sobre su divorcio.

—Bueno, ¿qué más tenemos que tratar?

Marina lo preguntó mirando hacia la ventana, porque no se atrevía a mirar a Pietro a los ojos. Sabía que su visión le recordaría los momentos que habían pasado en la pequeña *trattoria* y que la dejaría sin fuerzas para seguir adelante.

—¿Tratar? —preguntó él.

—Sí, esperaba volver a Londres hoy mismo, con todos los documentos firmados y sellados —sentenció.

Pietro soltó un suspiro y caminó hacia ella. Al

captar el aroma del champú que usaba y especialmente de su fresco y masculino olor, Marina tuvo
la sensación de que la sangre le hervía en las venas.

—Y en cuanto a lo que dije de que no quiero nada
de ti...

Él la interrumpió con una frase que la dejó perpleja y que la obligó a girarse y a mirarlo, por fin, a
los ojos:

—Puede que la cuestión no sea ésa. Puede que sea
yo quien quiero algo de ti.

—¿Algo de mí?

—Sí, quiero que me des algo. O más bien, que me
devuelvas algo.

—Pero si no tengo nada tuyo...

Marina se dio cuenta de que estaba en un error
incluso antes de que terminara la frase.

—Ah, claro —añadió, derrotada.

Se preguntó cómo era posible que hubiera sido tan
estúpida y tan lenta en comprender. Tenía un objeto
que era propiedad de su esposo, la alianza que le había comprado. Aunque pensándolo bien, eran dos;
también le había regalado un anillo de esmeraldas
cuando le propuso que se casara con él y ella aceptó.

Se llevó la mano al anillo y tiró, pero se negó a
salir. Quizás, porque su inconsciente y su cuerpo se
habían confabulado para impedir que saliera.

—Lo siento. No me acordaba de...

Marina se ruborizó y los ojos se le llenaron de
lágrimas.

—Marina...

—No me lo puedo sacar —dijo, sintiéndose ri-
dícula.

–Marina, no...

Ella no le prestó atención. Estaba demasiado nerviosa.

–Maldita sea, no puedo...

Pietro se acercó a ella, la tomó de la mano y dijo con voz suave:

–Basta.

–Pero... ¿no querías que te lo devolviera? –preguntó, confusa.

–No, Marina. Eso no es lo que quiero.

–¿Ah, no?

Marina bajó la cabeza. Había algo en el tono de voz y en la tensión del cuerpo de Pietro que hizo que su corazón se acelerara.

De repente, se dio cuenta de que el contacto de su mano había dejado de ser frío. Notó el calor de su piel y la fuerza de sus dedos. Ya no la tocaba sin más intención que calmarla. Ahora la tocaba con sensualidad, con deseo.

–Marina, yo...

Pietro le acarició la mano con el pulgar.

Marina contuvo el aliento.

–Pietro...

Al oír su propia voz, Marina supo todo lo que necesitaba saber. Y sintió un escalofrío extraño, de una naturaleza que no reconoció. No habría sabido decir si lo había causado la excitación o el miedo.

Estuvo a punto de rogarle que se detuviera, pero las palabras no llegaron a sus labios.

Pietro siguió acariciándole la mano y tuvo la sensación de que el calor de su cuerpo la rodeaba completamente. Estaba tan cerca de él que podía sentir su aliento y el movimiento de su pecho al respirar, algo más rápido que antes.

Asombrada, se preguntó si él estaría tan nervioso como ella.

Cuando volvió a mirarlo a los ojos, descubrió que Pietro se había acercado un poco más. De hecho, había bajado la cabeza de tal modo que Marina sólo tenía que levantar ligeramente la barbilla para que sus bocas se encontraran.

Entonces, lo supo.

Pietro estaba esperando. Estaba esperando a que ella tomara la decisión.

Marina suspiró y se pasó la lengua por los labios. El gesto no sirvió precisamente para reducir la tensión, bien al contrario, Pietro tragó saliva con nerviosismo y su mirada se volvió más intensa y oscura.

Los dos sentían lo mismo. Estaba allí, en la penumbra y en el silencio de la casita, en un calor que no guardaba ninguna relación con el clima, sino con la reacción química que se había desatado en sus cuerpos.

Él todavía la agarraba de la mano. Y ella no tenía ganas ni fuerzas para soltarse.

–Pietro... –repitió.

Incapaz de contenerse, Marina hizo un movimiento leve que, no obstante, fue todo lo que necesitaban.

Rozó su labio inferior y se estremeció de placer. El simple hecho de volver a probar su sabor tuvo un efecto más fuerte que el más fuerte de los alcoholes y que el más potente de los afrodisíacos. Y en ese momento, también supo que un beso no sería suficiente.

–Marina...

Pietro pronunció su nombre con un gemido. Era obvio que pensaba lo mismo que ella.

Un segundo después, la besó apasionadamente, le soltó la mano y le empezó a acariciar el cabello.

Lo poco que quedaba del pensamiento racional de Marina, se perdió en la sensualidad del momento. Estaba completamente concentrada en su sabor, en su fuerza, en el contacto de su espalda, que había empezado a acariciar. Y la presión de erección, más que evidente, la excitó un poco más y la animó a frotarse contra él.

Pietro volvió a gemir. Luego, sin dejar de besarla, la hizo retroceder hasta una de las paredes.

–No, no quiero tu anillo –murmuró.

Pietro llevó las manos a la blusa de Marina y se la empezó a desabrochar con tantas ansias que le arrancó un par de botones sin querer.

–No, lo único que quiero en este mundo eres tú –continuó–. Quiero que estés conmigo, en mi cama. Quiero estar contigo, dentro de ti.

Marina no podía creerlo.

Pietro había afirmado que ella era lo único que quería en el mundo.

Le pareció tan asombroso, tan aparentemente imposible, que se preguntó si lo habría oído bien, si sería verdad que la quería otra vez en su vida, si sería verdad que no quería divorciarse de ella.

Sin embargo, todas las preguntas desaparecieron

de su mente cuando Pietro logró quitarle la blusa y le puso las manos en los senos.

En ese momento, entró en un universo de sensación pura, en un lugar donde el resto de las cosas carecían de importancia. Fue como abrir las compuertas de una presa, cuyas aguas quedaron fuera de control.

Liberada de sus miedos, se dejó llevar por el deseo y le quitó la camiseta. Él no dejaba de besarla, de acariciarla, de murmurar palabras de amor.

—Mi preciosa...

De repente, Pietro la alzó en vilo, abrió la puerta del dormitorio con un pie y la llevó a la cama, donde la tumbó.

Durante unos segundos, Marina notó el aroma a limón y a sol de las sábanas y se acordó de los momentos románticos que habían compartido allí mismo durante su luna de miel. Pero hasta esos recuerdos desaparecieron cuando Pietro se echó sobre ella y pudo sentir el contacto de su pecho desnudo.

La tristeza y la desesperación de las horas anteriores murieron sepultadas bajo la excitación y la necesidad.

—Esto es lo que nos unió, Marina. Y esto es lo que nos mantendrá unidos... no los abogados ni los acuerdos legales, sino la fuerza de nuestros sentidos, la conexión de un hombre y de una mujer, de un cuerpo y otro cuerpo.

Pietro se quitó el resto de la ropa y, a continuación, la desnudó por completo.

Marina sintió la humedad entre sus piernas y supo que estaba preparada para él y que lo deseaba con toda su alma. De hecho, ya no podía esperar más. Cerró las manos sobre su espalda y lo instó a darse prisa.

Necesitaba que la penetrara. Necesitaba sentirlo en su interior.

Sin embargo, Pietro no tenía tanta prisa. Bajó la cabeza sobre uno de sus senos y empezó a lamer, a succionar y a mordisquear levemente el pezón, alimentando el placer y el deseo de Marina, que se empezó a retorcer contra las sábanas.

–Oh, Pietro...

Su nombre sonó como un grito ahogado. Ya no lo soportaba más; la estaba volviendo tan loca que se arqueó y apretó las caderas contra su sexo para conseguir una reacción.

Pietro le succionó el pezón un poco más y susurró su nombre contra él. Entonces, le separó los muslos y la penetró con un movimiento rápido que le arrancó un grito de placer y algunas lágrimas de alegría.

Al ver las lágrimas de su esposa, Pietro se las quitó con la lengua y la obligó a cerrar los ojos porque empezó a besarle los párpados. Mientras la besaba, se movía lenta y cuidadosamente, entrando y saliendo de ella, contemplando el efecto que causaba.

Tenía que ser el efecto que quería. Tenía que conseguir que Marina no se guardara nada, que se entregara en su totalidad.

Y Marina se lo concedió. Además, aunque lo hubiera deseado, ya no tenía fuerzas para contenerse. A fin de cuentas, aquello era lo que había echado de menos durante dos largos y fríos años. Aquella pasión ardiente, aquel contacto que parecía iluminar los días.

Como Pietro había dicho, la pasión los había unido; la pasión que había estado presente incluso en los tiempos difíciles, cuando las cosas empezaron a ir mal.

Ya ni siquiera le importara que, detrás de esa pasión, no hubiera amor.

—Pietro...

Por fin estaba con ella, dentro de ella, rodeándola. Era todo lo que necesitaba, todo lo que podía pedir. Y con cada uno de sus movimientos, Marina se sentía más y más cerca de satisfacer su hambre.

No tardó en llegar al orgasmo. A uno tan intenso que, de no haber sido por el contacto de Pietro, habría tenido miedo de perderse en su bruma de irrealidad.

Momentos después, el cambio de tensión en el cuerpo de su esposo le dijo que él también había llegado al clímax. Y durante muchos minutos, no hicieron nada salvo permanecer abrazados, en silencio, respirando con dificultad.

Pietro apoyó la cabeza entre sus pechos y los dos se quedaron dormidos.

Pero su sueño duró poco. Aquella noche se quedaron dormidos dos veces más e hicieron el amor dos veces más con una desesperación y una necesidad tan abrumadoras que borraron hasta sus más leves pensamientos.

La mano fría y dura de la realidad no volvió a tocar a Marina hasta que la luz del sol entró por la ventana y la despertó.

Sólo entonces, comprendió lo que habían hecho.

Sólo entonces, comprendió que a pesar de todo lo que había ocurrido entre ellos, se había dejado llevar y se había entregado completamente a Pietro.

Pero no culpó a su marido. Habría sido injusto. Él no la había seducido; él no la había obligado a nada. Al igual que ella, se había limitado a dejarse dominar por lo que sentía. Y los dos eran conscientes de que esta vez no había error posible; los dos eran conscientes de que aquello no era otra cosa que necesidad sexual.

–Yo quiero esto. Tú quieres esto. Dejemos de perder el tiempo –le había dicho en la sala de juntas de su abogado.

Y en cuanto se quedaron a solas, a salvo de interrupciones, los hechos demostraron que estaba en lo cierto.

Lentamente, abrió los ojos y miró a su alrededor. Un frío y cruel cuchillo le atravesó el corazón cuando vio la cama donde había despertado tras la primera noche de su luna de miel, aunque en circunstancias completamente distintas a aquéllas.

Todo seguía como entonces, con los mismos muebles y la misma decoración. Todo estaba como lo había estado entonces, durante el que debía ser el primer día de una vida de felicidad. Y sin embargo, todo era distinto en su mente y en su corazón. Nada volvería a ser lo mismo.

Se acordó de lo que había dicho en el bufete del abogado y no pudo creer que sólo hubieran pasado unas horas. De afirmar que no quería nada de él, de no buscar otra cosa que poner fin a su matrimonio y recuperar su libertad, había pasado a acostarse voluntariamente con Pietro.

Una lágrima solitaria resbaló poco a poco por su mejilla. Su lenta caída le pareció una metáfora de la destrucción de todo lo que pensaba conseguir durante su viaje a Sicilia. Había bastado que Pietro le dedicara unas cuantas palabras cariñosas para que ella se dejara llevar, pensando que entre ellos había algo más que una satracción física.

Miró a Pietro, que seguía dormido, respirando despacio, y pensó que no podía seguir en la cama de su noche de bodas, desnuda y expuesta, totalmente vulnerable.

Se mordió el labio para reprimir un sollozo e intentó levantarse, pero Pietro tenía un brazo encima de su cuerpo y lo notó.

—Maldita sea...

Marina ni siquiera estuvo segura de si lo había susurrado o de si sólo había sonado en el interior de su mente.

—*Cara*... —murmuró él.

Ella sintió pánico, pero Pietro no levantó la cabeza ni abrió los ojos. Se limitó a moverse un poco, hacia un lado, antes de suspirar y hundir la cara en la almohada.

Marina comprendió que era su oportunidad.

Sacó las piernas de la cama, puso los pies en el suelo y se alejó tan silenciosamente como le fue posible, para no despertarlo.

Cuando quiso alcanzar su ropa, descubrió que estaba tirada por todas partes. Encontró la blusa en una esquina, los pantalones, en la esquina contraria y el sostén y las braguitas, en mitad de la habitación.

No habían sido precisamente cuidadosos. A fin de cuentas, estaban dominados por la pasión y la necesidad. Pero no quería recordarlo. Si pensaba en ello, estaría perdida. Si cometía el error de girar la cabeza hacia el hombre que dormía en la cama, volvería con él.

Además, no necesitaba mirarlo para saber lo que habría visto. La imagen del cuerpo desnudo de Pietro estaba grabada en su mente desde dos años atrás. La larga y recta espalda, los fuertes músculos de sus hombros anchos, la estrechez de su cintura y de sus caderas, la firmeza de su trasero y la potencia de sus piernas.

Todo ello, cubierto por una piel morena que ansiaba tocar, frotar, acariciar.

—No...

Había sido Pietro. Había hablado en sueños otra vez. Pero el sonido de su voz convenció a Marina de la necesidad de darse prisa. Tenía que vestirse y salir de allí antes de que se despertara.

Pero ya era demasiado tarde.

—¿Qué diablos estás haciendo?

Pietro lo preguntó con humor y cierta ironía, como si su intento de fuga le pareciera divertido. Y Marina se quedó paralizada.

—Yo...

—¿Adónde vas?

Capítulo 8

PIETRO se despertó por culpa del frío. La súbita frialdad de su cuerpo en las zonas que habían estado en contacto con las suaves curvas de su esposa, le advirtió de su ausencia. Además, Marina había creado una corriente de aire al levantarse de la cama, aunque fuera ligera y casi imperceptible.

Era evidente que se había tomado muchas molestias para no despertarlo. Y eso también había contribuido a que abriera los ojos, porque sus movimientos fueron tan lentos, tan medidos y tan cuidadosos que despertaron sus sospechas.

Sólo podía tener un motivo para comportarse de esa forma. Quería huir. Quería marcharse sin que él se diera cuenta.

Pietro lo supo enseguida, pero decidió esperar y observar antes de intervenir; ver lo que estaba planeando.

Así que abrió un ojo y giró la cabeza lentamente.

Y luego, abrió otro.

Era obvio que tramaba algo. Iba de un lado a otro de la habitación, caminando de puntillas mientras recogía la ropa que habían desperdigado la noche anterior.

Aprovechando que Marina le daba la espalda, él se puso de lado para verla con más facilidad.

No tuvo que hacer ningún esfuerzo. La visión de su cuerpo desnudo, con aquellas piernas largas y aquel trasero increíblemente tentador, le resultó tan satisfactoria que se excitó al instante. Pero no era el momento más adecuado para dejarse llevar por el deseo. Marina ya se giraba hacia la puerta con intención de marcharse, con intención de abandonarlo exactamente igual que dos años antes.

Sin embargo, no lo iba a permitir.

Esta vez, no.

−¿Qué diablos estás haciendo?

Ella se detuvo, helada.

−¿Adónde vas?

Marina no se dio la vuelta. Los músculos de sus brazos se tensaron al cerrar las manos sobre su ropa, con tanta fuerza como si la vida le fuera en ello.

−A casa −contestó.

Él frunció el ceño. Las cosas no estaban saliendo como había imaginado. La mañana no había empezado como quería que empezara.

Desde que Marina se entregó a sus besos en la sala de juntas de Matteo, Pietro supo que no estaba preparado para dejarla ir. El deseo sexual que despertaba en él no había muerto durante los dos años transcurridos, sólo se había quedado en estado latente, esperando el momento adecuado para reaparecer.

Unas caricias, un simple beso y había escapado a su control con la fuerza de un volcán. Ya no podía volver a reprimirlo.

Por otra parte, una noche no era suficiente para saciar su hambre y su necesidad de ella. Necesitaba más. Mucho más.

Y hasta que abrió los ojos, pensó que ella quería lo mismo.

—¿A casa?

—Sí.

—¿Crees que te puedes ir tranquilamente después de lo que ha pasado?

Durante unos segundos, Pietro tuvo miedo de que Marina saliera de la habitación. Sin embargo, hizo un movimiento extraño con la cabeza, bajándola rápidamente para volver a subirla después, y le miró por encima del hombro.

—¿Y por qué no? Aquí ya hemos terminado.

Pietro se sentó en la cama.

—¿Terminado?

—En efecto.

—Estamos muy lejos de haber terminado.

—¿Por qué dices eso? Ya has conseguido lo que querías. Ya está hecho. ¿Qué más puedes querer? —preguntó.

—No me vengas ahora con ese cuento de que ya he conseguido lo que quería. Tú lo deseabas tanto como yo.

Ella asintió con tristeza.

—Sí, es posible —admitió.

—¿Sólo posible?

Pietro se animó un poco. Al menos había conseguido que lo mirara.

Sus ojos verdes eran una pincelada de color esmeralda en una cara pálida, sin el menor rastro de rubor en las mejillas. Tenía los labios tan apretados que eran poco más que una línea tensa. Y apretaba la ropa contra su cuerpo, la ropa que habría recogido del suelo, para protegerse y ocultar la belleza de su desnudez.

Marina no podía saber que había conseguido la paradoja de triunfar y de fracasar al mismo tiempo. Porque la ropa bastaba para ocultar sus partes más íntimas, pero sólo cubrían la sección central de su cuerpo. Por arriba y por abajo, lo demás quedaba desnudo.

Veía las elegantes líneas de su cuello, la forma redondeada de sus hombros y la parte superior de sus senos, apretados bajo las prendas, que había acariciado tantas veces a lo largo de la noche. Aún podía sentir el sabor de sus delicados pezones en los labios y en la lengua.

Y más abajo, donde el material turquesa de su blusa colgaba como un fajín hacia un lado, contrastando con el blanco de los pantalones, veía las líneas de sus caderas y atisbaba el final de su pubis como una promesa del secreto que ocultaba entre los muslos.

En conjunto, el esfuerzo de Marina por taparse había resultado aún más provocador que su desnudez.

Pietro hizo un esfuerzo por contener su deseo. Se levantó de la cama y alcanzó los pantalones, aunque tenía miedo de no ser capaz de mantener una conversación mínimamente coherente con ella. Estaba demasiado excitado.

–Bueno, es verdad que yo también lo deseaba

–admitió Marina–. Pero eso fue anoche, no ahora. Y ya ha terminado.

–¿Tú crees?

Él echó la cabeza hacia atrás, como a punto de soltar una carcajada.

–No ha terminado, belleza –continuó–. Bien al contrario, sólo acaba de empezar.

–¡No!

La negativa de Marina fue seca y, aparentemente, definitiva. Sin embargo, él la conocía lo suficiente como para notar el leve temblor de su voz y el brillo de inseguridad de sus ojos, que apartaron la mirada.

Aquello no estaba más terminado para ella que para él, pero Marina no lo iba a admitir con tanta facilidad. Se resistiría.

Y a él no le importaba.

Pietro se cruzó de brazos, sin miedo a la batalla que Marina le pudiera plantear. De hecho, la deseaba. Echaba de menos las escaramuzas con su esposa. Su matrimonio podía haber sido difícil, pero nunca había sido aburrido. La tensión que había entre ellos se acumulaba, estallaba y, por último, se convertía en noches de placer cuyo destello rivalizaba con los fuegos artificiales de Año Nuevo.

Pero Marina había perdido esa garra cuando perdió al niño. Le dio la espalda y Pietro no logró recuperar su atención. Así que estaba encantado ante la perspectiva de enfrentarse otra vez a ella.

Sabía que merecía la pena.

–No acaba de empezar. Nada acaba de empezar –insistió Marina–. Sólo ha sido sexo; ni más ni menos que sexo.

–Ha sido bastante más que eso. Lo sabes de sobra.

Ella sacudió la cabeza.

–Marina, estás huyendo otra vez...

–¡Yo no huyo de nada!

–¿No? Qué curioso, porque a mí me parece que es tu forma habitual de reaccionar.

Marina apretó los dientes, alzó la barbilla y le lanzó una mirada desafiante que no poseía dos años atrás. Se había vuelto más fuerte.

–Está bien, si quieres saber qué ha pasado entre nosotros, te lo diré. Pero te advierto que no te va a gustar lo que tengo que decir.

Pietro pensó que aquélla era una Marina nueva, aunque no le sorprendió; lo notó cuando entró en la sala de juntas y, por supuesto, lo notó cuando le arrojó los papeles a la cara. Pero la princesa guerrera que se alzaba ante él, con un rubor leve en las mejillas y prácticamente desnuda, era aún más imponente.

Nunca la había deseado tanto como en aquel momento. Y nunca se había refrenado tanto como en aquel momento, porque era consciente de que una respuesta sexual habría sido muy mal recibida por ella.

De hecho, se tuvo que meter las manos en los bolsillos para contener su libido y la necesidad de tocarla.

–De acuerdo, te escucho.

–¿Te importa que me vista antes?

–¿Quién te lo impide? Ya tienes tu ropa.

Marina no se movió. Para vestirse, tendría que haber apartado la ropa de su cuerpo. Y su situación ya era demasiado delicada como para empeorarla por el procedimiento de quedarse desnuda delante de su marido.

–Dime la verdad, Marina. ¿Qué ocurre?

De repente, Pietro tuvo miedo. Acababa de pensar que la actitud de su esposa podía tener algo que ver con la relación que mantenía con ese hombre, Stuart.

Pero ella se mantuvo en silencio, ajena a sus preocupaciones.

–Marina, por favor...

–Lo que ha pasado entre nosotros ha sido una despedida –dijo al fin, con voz temblorosa–. Ha sido una forma de decir adiós... o la última copa antes de seguir camino, si prefieres esa descripción.

Él entrecerró los ojos.

–No, esa descripción no me gusta. De hecho, no me gusta ninguna de las que has planteado –protestó.

–Yo te deseaba y tú me deseabas. Es lo que querías que admitiera, ¿verdad? Pues bien, ya lo he admitido. Y eso es todo. Lo nuestro ha terminado.

–No ha terminado –insistió.

Pietro caminó hacia ella con el gruñido amenazador de un gran felino. A ella se le puso la carne de gallina.

–Por supuesto que sí. Además, no entiendo a qué viene esto. Me llamaste a Sicilia porque querías el divorcio. Incluso tenías los documentos preparados... sólo faltaba mi firma –le recordó.

–Puede que haya cambiado de opinión.

Ella se preguntó si Pietro sería consciente de

cuánto le dolía todo aquello. Primero quería librarse de ella y ahora afirmaba que la quería nuevamente a su lado.

–Ya es demasiado tarde.

–Nunca es tarde, Marina.

–Si tú lo dices...

–Todavía no hemos firmado ningún documento. Legalmente, seguimos siendo marido y mujer. Nos podemos tomar todo el tiempo que necesitemos para expulsar esta atracción de nuestras vidas.

–Tal como hablas, cualquiera diría que es una enfermedad –se burló ella–. Pero yo no necesito expulsarlo de mi vida. Ya me he librado de eso... Con una vez ha sido suficiente. Incluso más que suficiente.

Él se quedó boquiabierto, sin saber qué decir.

–Además, siempre ha sido tarde –siguió hablando–. Ya era tarde antes de que te pusieras en contacto conmigo y me ordenaras que viniera a Sicilia. Nuestro matrimonio ya estaba muerto entonces.

–Ah, por fin llegamos a la clave del asunto...

–¿A la clave del asunto?

–¿Necesito recordarte que no fui yo quien te abandonó a ti, sino tú quien me abandonaste a mí? Te marchaste, huiste. Hiciste lo mismo que hacías cada vez que surgía el menor problema en nuestro matrimonio.

–Pero había perdido a...

–Lo sé, lo sé.

Pietro la interrumpió e hizo un gesto con las manos que Marina no pudo interpretar; parecía estar en algún punto entre la resignación, la desesperación y el sentimiento de derrota. Sus ojos se oscurecieron de repente y la expresión de su cara se volvió más impenetrable, más distante y más fría que nunca.

–Sé que perdiste el bebé. Lo sé.

–¿Y por qué dices que hui? Yo no podía huir de eso.

–Pero podías huir de mí y lo hiciste.

–¡Estaba hundida! Sólo quería...

–Sí, estabas hundida en la desesperación. Es lógico –declaró–. ¡Pero me diste la espalda! ¡Ni siquiera me dejabas tocarte!

–¡Porque no te quería cerca de mí!

Marina no podía haber sido más sincera. En aquella época, le asustaba que Pietro pudiera seducirla y borrar su sentimiento de pérdida con el sexo. Sólo quería esconderse, alejarse del mundo. Se había convencido de que su relación estaba rota. No le había dado su precioso heredero y, en consecuencia, su matrimonio se había hundido.

Súbitamente, Pietro dio tres zancadas largas y se plantó junto a la puerta del cuarto de baño. Luego, la señaló con un gesto lleno de rabia y bramó:

–¡Vístete! No quiero hablar contigo en estas circunstancias. No puedo hablar contigo cuando estás medio desnuda.

Marina encontró las fuerzas necesarias para pasar ante él y entrar en el servicio. Después, cerró la puerta y se empezó a vestir.

Estaba tan nerviosa que las manos le temblaban. Sus ojos se habían llenado de lágrimas y casi no podía ver los botones de la blusa ni el cierre de los pantalones. Sólo veía la cara intensa e impenetrable de Pietro en su imaginación.

Una vez más, se dijo que había cometido un error al dejarse dominar por el deseo. Se dijo que, si se hubiera tumbado en el suelo y le hubiera dado permiso para que hiciera lo que quisiera con ella, no habría sido más humillante.

Cuando terminó, se dio la vuelta para volver al dormitorio y enfrentarse con su esposo. Había recuperado la calma y estaba más que dispuesta a librarse de él.

Pero cuando puso la mano en el pomo de la puerta, se detuvo.

No era una puerta ni especialmente ancha ni especialmente resistente, pero tenía una cerradura. Era una barrera poderosa. Y se acordó de lo que Pietro había dicho el día anterior: «Los hoteles tienen puertas y llaves. No me gustaría que me cerraras una de esas puertas en las narices». En su momento, Marina sólo había encontrado una amenaza en las palabras de su esposo. Pero acababa de tener una revelación. Una revelación tan terrible que las piernas se le quedaron sin fuerza y tuvo que apoyarse en el lavabo para mantenerse en pie.

Por fin empezaba a entenderlo.

Por primera vez, consideró la posibilidad de que Pietro se hubiera sentido realmente abandonado cuando ella se marchó.

Por primera vez, consideró la posibilidad de que Pietro hubiera intentado animarla y darle su cariño cuando perdió al niño y de que ella hubiera reaccionado del peor modo posible, cerrándole la puerta en las narices.

Al pensarlo, cayó en la cuenta de que lo había intentado muchas veces y de que ella lo había rechazado en todas las ocasiones.

Desde ese punto de vista, no resultaba extraño que al final, cuando lo abandonó y regresó a Londres, Pietro no intentara seguirla. Le había dejado bien claro que quería estar sola. Y Pietro se limitó a esperar que volviera.

Con fuerzas renovadas, Marina volvió a llevar la mano al pomo y lo giró.

Había llegado el momento de aclarar las cosas, definitivamente, con el que pronto iba a ser su exmarido.

Capítulo 9

PIETRO estaba en el extremo contrario del dormitorio, junto a la ventana. Había hecho un pequeño intento por ordenar la habitación mientras Marina estaba en el cuarto de baño y había alisado las sábanas y puesto los cojines que, durante la noche, terminaron en el suelo. Incluso se había puesto la camisa del día anterior, aunque sin cerrársela.

Cuando lo vio, Marina pensó que, a pesar de su insistencia en que ella se vistiera, él no parecía pensar que su pecho desnudo fuera una distracción.

Pero no iba a picar en ese anzuelo. Ya había cometido ese error con anterioridad. A partir de entonces, sería tan fría y racional como su esposo. Y si tenía alguna duda, se recordaría lo que había ocurrido dos años antes y recobraría las fuerzas.

–Querías hablar, ¿verdad?

–Sí.

–Muy bien. Entonces, propongo que vayamos al salón y que nos sentemos.

Marina podía sentirse más fuerte que antes, pero sabía que se sentiría más cómoda cuando salieran del dormitorio. Aunque Pietro había hecho la cama y borrado las pruebas de su apasionada noche, la habitación habría sido un recordatorio tan constante como peligroso para ella.

Al entrar en el salón, estaba tan oscuro que Marina pulsó el interruptor de la luz.

—Aquí no se ve nada —explicó.

Pero lamentó haber encendido la luz. Bajo su destello, Pietro parecía más grande y más poderoso que nunca, como si hubiera cobrado vida de repente. Era demasiado alto, de hombros demasiado anchos, de cabello demasiado negro, de ojos demasiado claros, de piel demasiado morena.

Era un hombre terriblemente sensual.

Por suerte para Marina, Pietro no se dio cuenta del efecto que le causó. De hecho, se limitó a mirarla y a preguntar:

—¿Te apetece una copa?

Ella sacudió la cabeza.

—No, una copa no... tal vez un vaso de agua.

Pietro le sirvió un vaso y se lo dio. Acto seguido, se sirvió otro para él, se alejó hasta la ventana y la observó con detenimiento.

Marina pensó que había llegado el momento de hablar.

—¿Qué querías que te devolviera? Si no querías mis anillos, ¿qué es?

—Mi nombre.

La respuesta de Pietro fue tan inesperada que ella parpadeó, confusa. Había alcanzado el vaso para echar un trago, pero lo dejó en la mesita. Además, en el tono de voz de su esposo había algo que le hizo desconfiar. Era como si sólo le hubiera revelado una capa superficial de la verdad y le ocultara lo más profundo.

–¿Tu nombre? Bueno, por mí no hay ningún problema... siempre me sentí mejor como Marina Emerson que como Marina D'Inzeo.

La afirmación de Marina era una mentira tan descarada que le costó pronunciarla, pero lo hizo de todas formas.

–Supongo que leí demasiados cuentos cuando era niña y que llegué a convencerme de que la vida de una princesa siempre tenía un final feliz –continuó–. Pero, como ya he dicho, no hay problema. En cuanto nos divorciemos, volveré a usar mi propio apellido.

–No me refería a eso.

–¿Ah, no?

–No, me refería a mi buen nombre.

Marina lo miró con perplejidad, pero ni siquiera alcanzó a ver su expresión. Como se había puesto junto a la ventana, estaba a contraluz.

–No te entiendo...

Pietro echó un trago de agua, dejó el vaso en el alféizar y caminó hacia ella.

Marina lamentó haberse sentado en el sofá, porque si su marido ya era imponentemente alto cuando los dos estaban de pie, parecía casi un dios en esas circunstancias. Pero no se podía levantar de repente; habría sido un gesto de debilidad demasiado obvio.

En consecuencia, se obligó a permanecer sentada, alzó la cabeza y lo miró a los ojos con una expresión que pretendía ser de indiferencia.

–Los D'Inzeo somos una familia antigua y noble

cuyo pasado se hunde en la Edad Media. En Sicilia tenemos poder y una posición que mantener.

–Ya lo sé. No es necesario que me lo recuerdes.

Marina no había olvidado cómo se sintió cuando vio por primera vez el antiquísimo *castello* D'Inzeo, de estilo gótico veneciano pero renovado unos años antes. Ni había olvidado que, durante unos meses, había vivido en él y formado parte de la familia de Pietro.

Durante su estancia en el castillo, aprendió todo lo que había que aprender sobre la historia de los D'Inzeo y sobre el escudo de armas que colgaba sobre la chimenea del enorme salón principal. Su leyenda decía así: *Mantengo lo que es mío*. Una leyenda más que apropiada para la arrogancia que los D'Inzeo habían demostrado a lo largo de los siglos.

–Lo he vivido, Pietro. Lo he sufrido en mi propia carne –continuó–. Y cuando no estabas conmigo, en el castillo, odiaba ese poder y esa posición con toda mi alma... tu familia es verdaderamente medieval.

–Bueno, admito que mi madre está chapada a la antigua –le concedió él–, pero defiende el apellido D'Inzeo y todo lo que lleva asociado. Simplemente, cree que los D'Inzeo no nos debemos divorciar.

Él dejó de hablar y permaneció en un silencio tenso, como si estuviera valorando el peso de las palabras que él mismo acababa de pronunciar.

–Sigo sin entenderlo, Pietro. ¿Que los D'Inzeo no se divorcian? Pero si tú habías preparado los papeles del divorcio...

–Sí, ése era mi plan original.

–¿Y entonces?

–Las cosas han cambiado.

Pietro bajó la mirada y observó la blusa de Marina, a la que le faltaban los dos botones que él le había arrancado sin querer.

–¿Lo dices por lo de anoche?

–Por supuesto.

–¡Eso no ha sido nada!

–Ha sido mucho. Mucho más de lo que estás dispuesta a admitir –contraatacó–. Yo lo sé y tú lo sabes... ha sido una explosión tan feroz y ardiente como las del Etna. Algo a lo que no estoy dispuesto a renunciar.

Marina no pudo permanecer sentada por más tiempo. Tenía que plantarle cara inmediatamente, sin dilación.

–Puede que eso no esté en tu mano, Pietro. Puede que no tengas elección –lo amenazó.

–Ya sé que no la tengo –dijo con ironía–. Soy consciente de lo que me haces. Y de lo que yo te hago a ti.

–Sí, no voy a negar que siempre hubo atracción sexual entre nosotros, pero en un matrimonio se necesita algo más que la atracción sexual.

–Aunque así fuera, no es un mal principio.

Marina no podía creer que hablara en serio.

–¿Estás diciendo que quieres seguir adelante con nuestro matrimonio, sin más base que una relación sexual?

Ni ella misma habría podido decir si la inseguridad de su voz se debía al miedo, al desconcierto o al deseo de aceptar la oferta de su esposo. No lo habría podido decir porque ni siquiera sabía lo que sentía. Las emociones y los pensamientos se mezclaban en su interior sin orden alguno, sin jerarquía aparente.

—Estoy diciendo que nadie me ha hecho sentir como tú.

—Sexualmente —puntualizó.

—Sexualmente —admitió él.

Pietro pensó que Marina siempre había conseguido que dejara de pensar; era tan seductora que lo reducía a sus pulsiones sexuales. Pero ahora había más. Desde que ella entró en la sala de juntas de su abogado, Pietro se sintió como si hubiera despertado de una pesadilla, de dos largos y vacíos años sin motivaciones, sin vida.

Durante las últimas veinticuatro horas se había sentido más vivo que en cualquier otro momento desde su separación.

Y no quería perder esa sensación. Incluso estaba dispuesto a poner su futuro en manos de aquella mujer, de la misma mujer que lo había destrozado dos años atrás, de la misma mujer que lo había abandonado después de perder al niño.

Cuando ella se marchó, él se convenció de que Marina sólo lo había querido por su dinero. Sin embargo, eso también había cambiado. Su esposa había rechazado el acuerdo matrimonial porque, según afirmaba, no quería ni un céntimo de él.

—Esta vez no te vas a salir con la tuya, Pietro. No voy a seguir contigo.

—¿Por qué no?

—Porque sería repetir lo que ya sufrimos en el pasado.

–Te equivocas. Las cosas han cambiado por completo. Para empezar, acabamos de hacer...

–¡No te atrevas a decir que hemos hecho el amor! –lo interrumpió.

Pietro se encogió de hombros.

–Bueno, llámalo como quieras. En cualquier caso, ha destruido nuestros planes de divorciarnos con rapidez.

–¿Qué quieres decir?

–No me digas que no lo has pensado. Cualquiera pensaría que lo de anoche ha sido... una renovación de nuestros votos.

–¡Sólo ha sido sexo! –protestó.

–Tal vez. Pero ya no podemos alegar que hemos estado separados dos años.

Él tenía razón. Marina no lo había pensado.

–¿Y qué? Puede que eso complique el divorcio por culpa de las leyes de tu país, pero nos lo concederán de todas formas.

–Hay otra opción. Podríamos aprovechar lo sucedido.

–¿Aprovecharlo? ¿En qué sentido?

–¿Es que no es obvio? Aprovecharlo para darnos mutuamente placer... Además, tengo entendido que no hay nadie más en tu vida, por lo menos, ninguna relación seria. Tú misma dijiste que no tienes intención de casarte con tu amigo Stuart –le recordó–. Como ves, somos dos adultos libres. Nuestra relación no hará daño a nadie.

–Sí, es verdad que no mantengo ninguna relación seria. Pero jamás aceptaría...

–¿Qué es lo que se suele decir en estos casos?

–la interrumpió de nuevo–. Ah, sí... nunca digas nunca jamás. Tal vez tengas razón al afirmar que el sexo no es base suficiente para un matrimonio, pero esta vez no nos engañaríamos a nosotros mismos. Esta vez sabemos lo que hay. Ni tú ni yo estaríamos buscando el amor o la felicidad.

Marina sacudió la cabeza. Pietro no podía ser más claro; le estaba ofreciendo una relación sexual, sin complicaciones.

–Ni siquiera sé cómo es posible que creas que puedo aceptar tu oferta. He venido a Sicilia para llegar a un acuerdo sobre nuestro divorcio.

–Pero no nos vamos a divorciar.

–¿Por qué? ¿Por que ya no podemos alegar que hemos estado dos años separados?

–Exactamente.

–Hay otras formas. Más rápidas.

–Di una.

–Podría divorciarme de ti por comportamiento... inadecuado. Por crueldad.

–No te atreverías –bramó él, irritado.

–Por supuesto que sí.

–Yo no te he tratado nunca con crueldad. Tendrías que mentir y no podrías presentar pruebas porque no las hay.

–Oh, tengo las pruebas de mis propios ojos. Y de las cosas que me has dicho.

–¿Cómo? Por Dios, Marina... sólo viste lo que tú querías ver.

–¡Vi lo que pasó! Vi que te alejaste de mí y que no volviste a dormir conmigo. Decías que ese embarazo había sido un error.

–¿Y cómo lo describirías tú? –la desafió–. No te habrías casado conmigo si no te hubieras quedado embarazada.

–No, no me habría casado.

–¿Lo ves? El embarazo fue una trampa para ambos. Nos atrapó en el matrimonio.

Marina volvió a sacudir la cabeza.

–¡Yo no me sentía atrapada! ¡Quería ese bebé! Y cuando lo perdí, lo perdí todo... porque tú ni siquiera estabas a mi lado.

–¿Que yo no estaba a tu lado? –dijo él, mirándola con frialdad–. ¡Si ni siquiera podía hablar contigo!

–Claro que podías.

–No es cierto. Te escondías detrás de puertas cerradas.

–Porque necesitaba estar sola.

A pesar de su vehemencia, la resolución de Marina se empezaba a resquebrajar. Las palabras de Pietro le habían recordado un suceso de sus días en el castillo D'Inzeo. En cierta ocasión, se había sentido tan sola que decidió acercarse a la madre de su esposo con la esperanza de poder hablar con alguien. Pero sólo encontró una puerta cerrada a cal y canto.

–¿Y te marchaste por eso? ¿Porque querías estar sola? ¿Sin decir una palabra? ¿Sin advertírmelo? ¿Sin dejarme un simple mensaje para que supiera que estabas cansada de nuestro matrimonio?

Marina estaba atrapada. No podía admitir que, en realidad, se había marchado porque su esposo le había partido el corazón; porque se había convencido de que no estaba enamorado de ella.

–Te portaste tan mal conmigo que no podía quedarme –se defendió–. Además, si hubieras estado tan preocupado por mí, habrías ido en mi busca.

–Lo habría hecho, sí, pero no lo hice porque sabía que era lo que estabas esperando. Tu huida fue una especie de prueba, ¿verdad? Querías demostrar que yo estaba a tu merced y que correría a ti como un perrito faldero si tirabas de la correa.

–Yo...

–Pero te equivocaste, *cara*. Te equivocaste terriblemente. Después de tantas semanas de soledad, de intentar acercarme a ti y de que me cerraras la puerta en las narices, no podía admitir que, por si eso fuera poco, me pusieras una prueba.

–¿Y quién tiene la culpa de eso? Nuestra relación estaba muerta. Te habías casado conmigo por el bebé y lo habíamos perdido. Ya no era necesario que siguiéramos juntos. Ya no necesitábamos la cobertura legal de un matrimonio.

–¿Cobertura legal? –preguntó con sarcasmo–. Menuda forma de definirlo.

–Sí, puede que no sea muy delicada, pero fuiste tú quien lo definió de esa manera hace años –replicó.

Pietro se quedó helado, completamente inmóvil. Y le lanzó una mirada tan dura que casi le dio miedo.

–En eso tienes razón. Lo recuerdo.

–Ah, entonces lo reconoces... Gracias, Pietro. Pero, dime, ¿también reconoces haber dicho que te sentías profundamente decepcionado?

–¿Decepcionado? Maldita sea, claro que estaba decepcionado. Decepcionado por haber perdido a nuestro hijo. Decepcionado por habernos casado sin tomarnos el tiempo necesario para conocernos mejor. Decepcionado porque todo fue tan rápido que hasta mi madre pensó que te habías quedado embarazada a propósito, para condenarme al matrimonio.

–¿Eso creyó?

–Sí, pero qué importa lo que mi madre pensara. Por desgracia, tú también te sentías atrapada en nuestro matrimonio... y eso era lo que más me decepcionaba de todo. No te pude dar la relación que quería darte porque me empeñé en casarme contigo a toda prisa, antes de que la prensa se enterara de lo nuestro y se organizara un escándalo.

–Entonces, no niegas que lo dijiste. No niegas que te sintieras decepcionado.

–En absoluto.

–Y como te sentías decepcionado, llegaste a la conclusión de que ya no había necesidad de fingir, de que la razón que nos empujó a casarnos había desaparecido.

Él sacudió la cabeza.

–Haces que suene como si yo hubiera querido que...

–¡Por supuesto que lo quisiste! Incluso has llegado a insinuar que la pérdida del niño fue lo mejor que nos podía haber pasado.

–Es verdad, pero me odio a mí mismo por haber insinuado algo así.

–Yo también te odio por eso.

Él asintió.

–Lo comprendo. Y comprendo que tienes derecho a sentirte traicionada. Supongo que no fui el marido que necesitabas en los peores momentos.

Pietro había sido completamente sincero. Sabía que su matrimonio había sido un error y, en el fondo, entendía que lo hubiera abandonado. Pero eso no le preocupaba tanto como el hecho de que ahora, dos años después, tampoco era el marido que ella necesitaba.

Aunque la pasión de la noche anterior lo hubiera confundido hasta el extremo de pensar que estaba con la Marina de entonces, con la mujer con quien se había casado, ya no era aquella mujer. Era una Marina nueva. El resultado de dos años de separación. De dos años sin el peso de un matrimonio fracasado.

La miró a la cara, contempló las sombras de sus ojos y se dijo que no tenía derecho a arrastrarla otra vez al infierno de aquellos días.

—Marina...

—¿Sí?

—Hiciste bien. Es normal que te marcharas.

Marina se llevó una sorpresa monumental. No tanto por el hecho de que Pietro le diera la razón, después de dos años, como por el hecho de que se sintió culpable al oír sus palabras. Pietro no era un monstruo. La responsabilidad de lo sucedido estaba repartida a partes iguales. Su marido había acertado al afirmar que sólo había visto lo que quería ver.

Las cosas no eran blancas o negras. Ella no era inocente.

Ahora sabía que Pietro había intentado animarla cuando perdió al niño. Sabía que se había acercado a ella en busca de afecto y que se había encerrado en sí misma y le había cerrado las puertas. Sabía que lo había rechazado y que, al rechazarlo, ella misma había acelerado la destrucción de su matrimonio.

En ese momento, fue consciente de que debía hacer algo, decir algo, intentar algo. Y actuó en consecuencia.

–¿Crees que podríamos empezar de nuevo?

Fue todo lo que pudo decir. Una frase tímida.

Pero por tímida que fuera, pareció tener el efecto de una bofetada en Pietro, que la miró con asombro.

–Por favor, Pietro. Si yo te puedo perdonar... –insistió.

Le estaba ofreciendo una rama de olivo. Estaba tendiendo un puente para salvar la brecha que se había abierto entre ellos.

Y lejos de conseguirlo, Pietro parecía más distante que nunca.

–¿Perdonar? –preguntó él.

–Sí.

–¿Empezar de nuevo?

–Exactamente.

–¿Es que no has oído ni una palabra de lo que he dicho?

–Sí. Has dicho que podíamos mantener... un *affaire*.

Él sacudió la cabeza.

–No estaba sugiriendo que empezáramos de nuevo, Marina; te estaba ofreciendo una forma de terminar, una forma de sacar esta necesidad de nuestro organismo para poder seguir adelante con nuestras vidas. Eso es todo lo que quiero.

De repente, Pietro sacó el teléfono móvil, marcó un número y empezó a hablar en un italiano tan rápido que ella no entendió ni una sola palabra.

Cuando por fin cortó la comunicación, Marina preguntó:

—¿Qué ha sido eso? ¿Qué está pasando?

—Yo te diré lo que está pasando... Que vas a conseguir lo que quieres. Te vas a marchar ahora mismo, con el divorcio que querías. En cuanto vuelva a Palermo, firmaré los documentos y te los enviaré. ¿No quieres nada? Muy bien, no te daré nada. Y si te empeñas, hasta permitiré que redactes los términos. Acúsame de lo que quieras. Di que te he maltratado. No lucharé contigo en los tribunales.

Marina se sintió dominada por una sensación terrible, la de haber destruido algo especial, algo que merecía la pena.

El sentimiento de culpabilidad la estaba destrozando por dentro. Porque ahora sabía, sin el menor asomo de duda y a pesar de todo, que seguía enamorada de su marido. Pero en algún momento se había equivocado terriblemente de camino.

—Pietro...

Pietro no la quiso escuchar. Se apartó de ella, se cerró la camisa y se abrochó el cinturón. Luego, se inclinó para ponerse las botas y dijo:

—Me voy.

Marina comprendió que estaba hablando en serio. Se iba a marchar. Y no podía hacer nada por impedirlo.

–Pero ¿qué voy a hacer yo? ¿Cómo...?

–Mi chófer vendrá a recogerte y te llevará al aeropuerto.

–¿No podrías llevarme tú?

Pietro le lanzó una mirada feroz.

–Marina, no me siento con fuerzas de estar contigo en la misma habitación. Y mucho menos de encerrarnos en un espacio tan pequeño como el de un coche.

Marina tuvo que hacer un esfuerzo supremo para no llorar. Ni siquiera entendía cómo era posible que las cosas se hubieran estropeado de repente, tan deprisa. Ni siquiera sabía lo que había hecho.

–Pietro, por favor, dime qué...

–No hay nada que decir. Tú tenías razón. Es mejor que nos divorciemos de una vez y que sigamos con nuestras vidas. No te preocupes, mi chófer te llevará al aeropuerto y mi avión te estará esperando.

–No necesito tu avión. Puedo ir en un vuelo comercial.

Él sacudió la cabeza.

–Pero irás en mi avión. Es lo más rápido.

Marina pensó que quería quitársela de encima tan rápidamente como fuera posible. Era obvio. No necesitaba decirlo.

–Está bien.

Pietro asintió y se dirigió a la puerta.

Ella lo miró y supo que no podía dejar que se fuera de esa forma, sin saber qué había pasado, qué había hecho mal.

–Pietro, te lo ruego...

Durante un segundo, pensó que no le haría caso.

Pero Pietro se detuvo y giró la cabeza hacia ella, dispuesto a escuchar.

–He sido injusta contigo. Vine a Sicilia para echarte la culpa de lo que pasó hace dos años... y me equivoqué. Lo siento mucho. Lo siento muchísimo.

–Ya es tarde para disculpas –declaró con tono seco–. Además, no eres tú quien debe disculparse. Debí haber pronunciado esas palabras hace mucho tiempo; debí decirte que lo sentía. Pero créeme... ahora sé que no habría sido suficiente. Como sé que es demasiado tarde para arreglar lo nuestro.

–No, no –negó, desesperada–. Pietro...

Pietro no la oyó. Ya había salido y cerrado la puerta.

Momentos después, Marina oyó el sonido del motor y salió con intención de insistir, pero el coche ya se alejaba por la carretera. Tan deprisa, que desapareció de la vista en cuestión de segundos.

Capítulo 10

AL PASAR la hoja del calendario, Marina pensó que cuatro semanas eran mucho tiempo. Pero enseguida, se corrigió a sí misma y se dijo que no era verdad, que esa afirmación sólo era válida para las cuatro semanas anteriores, que habían sido de las más largas de su vida.

Tenía la sensación de que había pasado una eternidad desde que viajó a Sicilia, desde que volvió a ver a Pietro, desde que hicieron el amor y desde que él se marchó de repente y la envió de vuelta a casa.

Pero sólo había sido un mes.

Cuatro semanas antes, volaba hacia Sicilia para reunirse con el hombre que se debía convertir pronto en su exmarido. Estaba decidida a divorciarse, decidida hasta el punto de que había redactado un acuerdo de divorcio en sustitución del que Pietro le iba a ofrecer.

Por entonces, no quería nada de él. Y eso era justo lo que había conseguido. Nada.

O menos que nada.

Sin embargo, aún no había recibido el acuerdo que Pietro le había prometido enviar. Parecía tan deseoso de librarse de ella y de poner fin a su relación que supuso que lo recibiría en cuestión de días, pero sorprendentemente, no fue así.

Caminó hasta la ventana y contempló la luminosa tarde, tan distinta al día nublado y lluvioso que había pasado en Sicilia.

Había deseado ser libre. Había deseado seguir con su vida. Y se había salido con la suya.

Sin embargo, no podía olvidar aquel día junto a su esposo. Lo había cambiado todo. Ya nada volvería a ser lo mismo. Paradójicamente, estaba más atada que nunca al príncipe Pietro D'Inzeo. Porque aquellas horas de amor en el dormitorio de Casalina habían tenido una consecuencia inesperada.

Estaba esperando un hijo.

—Oh, Pietro...

El nombre se le escapó de los labios como un susurro. Alzó una mano y se secó la lágrima solitaria que acababa de derramar, a sabiendas de que las lágrimas no arreglarían sus problemas. Necesitaba ser fuerte, pensar con claridad, afrontar el futuro.

Si hubiera encontrado un ápice de la fuerza que tenía cuando subió al avión que la llevaba a Sicilia, su vida habría sido más fácil.

Pero habían pasado demasiadas cosas desde entonces.

Un solo día y una sola noche habían trastocado completamente su existencia. No sólo se había quedado embarazada sino que, además, había descubierto que amaba a Pietro y que nunca había dejado de amarlo.

Mientras miraba la calle, un coche se detuvo y llamó su atención. A fin de cuentas, era un vehículo demasiado caro y demasiado lujoso para el barrio donde vivía; un vehículo muy poco habitual en la zona.

–¡Pietro!

Sólo podía ser él. Y no se equivocó.

Momentos más tarde, la puerta se abrió y apareció su esposo, tan alto y atractivo como siempre. Llevaba unos pantalones vaqueros y una cazadora de cuero negro, con una camiseta blanca por debajo. Una indumentaria bastante urbana que, sin embargo, en él resultaba refinada y sorprendentemente elegante.

Pietro cerró el coche y caminó hacia su domicilio.

Marina consideró la posibilidad de esconderse y simular que no estaba en casa, pero habría sido absurdo; estaba segura de que la había visto en la ventana del salón. Además, no quería huir. Ardía en deseos de verlo.

Cuando llegó a la puerta, Pietro llamó con los nudillos en lugar de pulsar el timbre. Ella estaba tan nerviosa que tardó en abrir porque había echado la llave y no conseguía girarla.

–Pietro...

A pesar de su nerviosismo, logró mantener una apariencia tranquila.

–Hola, Marina.

Marina se sintió enormemente feliz. Incluso a pesar de saber que no sería portador de buenas noticias. Por su actitud tensa y fría, sabía que no estaba allí para anunciarle que su relación iba a tener un final feliz.

Pietro alzó una mano y le ofreció una cartera de cuero.

–He traído algo que tienes que ver.

Marisa supuso que serían los documentos del divorcio.

–Me sorprende que los hayas traído en persona.

–Es que necesitaba verte en persona.

Ella se estremeció a pesar de que la tarde era soleada y relativamente cálida para la época del año. De repente, el jersey verde y los vaqueros que se había puesto, no le daban ningún calor. Pero supo que su estremecimiento no se debía al clima.

–Comprendo. En tal caso, será mejor que entres...

Pietro frunció el ceño, pero entró en la casa de todas formas.

Marina pensó llevarlo al salón, pero le pareció que la cocina era un lugar menos peligroso para ella y que, de paso, podría ofrecerle una copa y distraerlo.

Al fin y al cabo, tenía algo muy difícil que decir. Algo que podía destrozar su última posibilidad de arreglar las cosas con Pietro, algo que ya se había interpuesto entre ellos al principio de su relación.

Se había quedado embarazada otra vez. Y aunque deseaba decírselo, tenía miedo de cómo pudiera reaccionar.

Cuando llegaron a la cocina, preguntó:

–¿Te apetece beber algo?

Pietro sacudió la cabeza.

–No, gracias.

Él echó un vistazo a la pequeña estancia y volvió a hablar.

–¿Aquí es donde vives ahora?

–Sí, es perfecto para mí –respondió.

–No se puede decir que sea una casa muy grande... deberías haber aceptado mi oferta inicial de divorcio. Podrías vivir en un lugar mejor.

–Para mí es suficiente. No todo el mundo quiere vivir en un castillo –se defendió.

–Bueno, yo tampoco viviría en el castillo si tuviera la posibilidad de elegir –comentó con ironía–. Pero forma parte de mis obligaciones.

Marina se llevó una sorpresa. Pietro jamás había insinuado que se sintiera incómodo con el castillo D'Inzeo. Pero cuando lo miró de nuevo, supo que había dicho la verdad. Y vio que tenía ojeras y aspecto cansado.

–Siempre había creído que el castillo te gustaba. Es un lugar imponente.

–Oh, sí, es imponente... pero no es cálido. A diferencia de tu casa.

Pietro clavó la mirada en el jarrón con crisantemos que Marina había dejado en el alféizar.

–Gracias por el comentario. Como te decía, la casa es perfecta para mí; está cerca de mi trabajo y tiene espacio de sobra para una persona sola.

–¿Para una persona sola?

Marina lo miró con extrañeza.

–Sí, por supuesto...

–¿Y Stuart?

–¿Stuart?

–Pensaba que estabas con él.

–Ya te dije que no estoy con nadie, Pietro.

Pietro no dijo nada. Se limitó a dejar la cartera de cuero encima de la mesa.

–¿Has cambiado los términos del divorcio? –preguntó ella.

Él la miró con frialdad.

–Te prometí que te daría lo que querías, aunque no quisieras nada de nada. ¿Y sabes una cosa? De todas las promesas que he hecho a lo largo de mi vida, es la que más me ha costado cumplir. ¿Estás segura de que no vas a cambiar de opinión?

Ella sacudió la cabeza.

–No hagas eso, por favor.

–¿Hacer? ¿A qué te refieres? Te voy a dar lo que me has pedido... nada. Justo lo que hice durante nuestro matrimonio. Nada –repitió–. Lamento no haber sido un buen marido para ti. Estaba tan concentrado en mi trabajo, en las cosas del banco y del castillo que... bueno, no te presté atención.

–No quiero que te sientas culpable. Fue culpa de los dos. Tú estabas concentrado en tu trabajo y yo, encerrada en mí misma.

La confesión de Marina sirvió para que Pietro alzara la cabeza y la mirara con intensidad.

–¿Pero sabes una cosa? –continuó ella.

–¿Qué?

–Que mi puerta nunca estuvo totalmente cerrada.

Él suspiró.

–Bueno, ya no importa. Forma parte del pasado y no lo podemos cambiar. Aunque no estuviera cerrada entonces, lo está ahora.

Marina frunció el ceño. Por el tono de su marido, tuvo la sensación de que la metáfora de la puerta, que ella misma había usado, tenía un valor especial para él. Y sólo podía haber un motivo.

–Ahora lo entiendo...

–¿De qué estás hablando?

–De tu madre y del papel que ha tenido en nuestra historia.

Pietro pareció sorprendido, pero asintió.

–Sí, lo has adivinado. Mis padres no se casaron por amor; el suyo fue un matrimonio concertado, un típico matrimonio de familias importantes, un error que no debieron cometer. Mi madre sabía que tenía la obligación de dar un heredero a mi padre, así que lo hizo. Pero cuando yo nací, se encerró en sí misma y nos cerró las puertas a todos los demás.

–¿Incluso a ti?

Pietro respondió afirmativamente, aunque no era necesario que respondiera. Marina lo había visto con sus propios ojos durante su breve estancia en el castillo.

–Ahora entiendo que mi distanciamiento te doliera tanto... pero yo no era tu madre, Pietro, era tu esposa.

–Eso es verdad. Sin embargo, nunca he obligado a ninguna mujer a estar conmigo. Y no iba a empezar con mi propia mujer –se defendió.

Marina sintió un dolor intenso. Imaginó a Pietro esperando que volviera a él, imaginó a Pietro al otro lado de las puertas metafóricas que ella había cerrado, lo imaginó sufriendo por la pérdida de su hijo y recibiendo la misma respuesta fría y distante que había recibido de su propia madre cuando era niño.

–Lo siento mucho. Yo no pretendía...

No terminó la frase. No tenía sentido porque, a fin de cuentas, ya no podía cambiar el pasado. Se sentó al otro lado de la mesa de la cocina y se llevó las manos al estómago. Sólo estaba embarazada de un mes y no se le notaba nada, pero se preguntó si el destino sería más amable con ella que la vez anterior.

–Cuando saliste de tu encierro en ti misma y volviste a mí, parecías tan perdida, tan frágil... me sentí muy culpable. Lamento haberte hecho eso.

–Tú no me hiciste nada. Estaba así porque había perdido el bebé.

–Habías perdido el bebé en el seno de un matrimonio al que yo te había obligado. Y era evidente que te arrepentías, que pensabas que habías cometido un error.

Marina abrió la boca para protestar, pero él siguió hablando.

–No, no digas que no te habías arrepentido. Lo sé perfectamente.

–No, Pietro, no es lo que tú crees. Es verdad que me sentía mal porque no te había podido dar un heredero, pero...

–¿Pero?

Marina dudó un momento, sin saber qué responder. Sin embargo, se dijo que debía ser sincera de una vez por todas.

–Me había convencido de que, si te hacía partícipe de mis preocupaciones y angustias, tú intentarías animarme con lo mismo que me había unido a ti... con la seducción, con el deseo. Me había convencido de que me besarías hasta que no pudiera pensar.

Él entrecerró los ojos.

–¿Y no querías eso?

–¿Cómo no lo iba a querer?

Marina ya estaba harta de mentiras. Ya no tenía miedo de decir la verdad. Estaba enamorada de él y lo había perdido para siempre, como demostraba el hecho de que se hubiera presentado en su casa con los papeles del divorcio. Pero al menos, eso también significaba que ya no tenía motivos para mentir.

Por otra parte, era consciente de que, si hubiera sido sincera con él en el pasado, jamás se habrían visto en aquella situación.

Definitivamente, debía sincerarse con él. No sólo por Pietro, sino también por el hijo que llevaba en su vientre.

Respiró hondo e intentó encontrar el valor necesario.

–Era incapaz de resistirme a ti. Piensa en cómo nos conocimos... en el motivo que nos empujó al matrimonio.

–Y yo no podía dejar de tocarte –le confesó él.

–Ni yo.

Marina pensó con tristeza que pronunciaban palabras del pasado, palabras sobre lo que había sido, sobre la pasión desenfrenada y cegadora que habían disfrutado durante un tiempo y que ya se había perdido para siempre.

Intentó encontrar algún resto de aquella pasión

en los ojos de su marido, pero no la vio. Pietro disimulaba tan bien que Marina no se daba cuenta de que ardía en deseos de tomarla entre sus brazos y besarla.

Pero él la sacó de su error un momento después.

–Y todavía siento lo mismo.

–¿Cómo?

–No puedo pensar en otra cosa que tocarte, Marina. Creo que lo demostré claramente con esa noche de locura en Casalina, ¿no crees?

Marina se sintió mareada. Palideció tan rápidamente que no tuvo que acercarse al espejo de la pared contraria para saber que, en cuestión de segundos, había pasado del un rubor subido a una palidez mortal.

–Sí, bueno, ambos sabemos que cometimos un error –acertó a decir–. Un error que no volveremos a cometer.

Marina no supo si su voz le habría sonado tan sospechosa a él como a ella. Si Pietro habría captado que, por debajo de sus palabras, se escondían el mismo deseo y la misma necesidad de siempre.

Por supuesto, podría haber disimulado mejor. Podría haber hecho un esfuerzo por ocultar sus sentimientos.

Pero no lo había hecho porque no quería hacerlo, porque todavía albergaba la esperanza de encontrar una solución y reconquistar el afecto de Pietro.

Se preguntó si realmente quería que su esposo renunciara al divorcio y siguiera casado con ella. Se preguntó si sería capaz de renunciar a su orgullo y arrastrarse ante él. No en vano, había ido a su casa para entregarle los papeles del divorcio; unos papeles que, para empeorar las cosas, había preparado por segunda vez.

Sin embargo, Marina tenía un secreto que podía cambiarlo todo. Una noticia que había recibido esa misma mañana.

Ahora, cabía la posibilidad de que, cuando su marido supiera que aquel momento de locura en el dormitorio de Casalina iba a tener consecuencias permanentes, reconsiderara la decisión que había tomado.

Pietro D'Inzeo, el príncipe Pietro D'Inzeo, querría ese niño.

Y no sólo porque quisiera un heredero para el título, las propiedades y la fortuna de su familia, sino porque también había querido al niño que perdieron y porque también lo había llorado tanto como ella.

De eso tampoco tenía ninguna duda.

Sólo faltaba por saber si, además del niño, también la querría a ella.

Capítulo 11

LOS DOS sabemos que cometimos un error. No podemos ser tan estúpidos como para tropezar otra vez en la misma piedra.

Si Marina hubiera pegado un puñetazo en la mesa, junto a la cartera de su esposo, con un guante de hierro, no habría dejado las cosas más claras.

Pietro se sintió estúpido por haber ido a verla.

Había pasado las cuatro semanas anteriores en una especie de vaivén continuo, cambiando de opinión constantemente. Había luchado contra sí mismo, contra los recuerdos que lo asaltaban una y otra vez y contra la necesidad física que amenazaba con volverlo loco.

Su estado era casi esquizofrénico. Llegó un momento en que no sabía qué iba a pensar ni qué iba a sentir a continuación. Y en consecuencia, no podía tomar ninguna decisión sobre su vida y su futuro.

Había dejado Casalina en la seguridad de haber hecho lo correcto.

Esa convicción lo había empujado a salir de la casa y a poner tanto espacio como fuera posible entre su mujer y él, porque sabía que, si permanecía a su lado, corría el peligro de cambiar de opinión.

Y esa misma convicción lo había alimentado durante los días siguientes, tan desesperantes que pasaba horas enteras en el gimnasio con la esperanza de sacar la cara, la voz y el cuerpo de Marina de sus pensamientos.

Pero no lo consiguió.

Su mente lo traicionaba incluso cuando su cuerpo estaba completamente agotado.

Se sentía furioso consigo mismo. Furioso por no haber entendido los sentimientos de Marina en el pasado, el miedo que se escondía bajo sus desafíos aparentes. Y si su actitud desafiante sólo había sido un truco para ocultar su miedo durante los primeros meses de su relación, no tenía más remedio que pensar que también lo había sido durante la reunión en la sala de juntas de Matteo.

–No, no podemos ser tan estúpidos –insistió.

–No, supongo que no. Sería un error, ¿verdad?

Pietro la miró a los ojos con intensidad. Efectivamente, cabía la posibilidad de que su comportamiento distante y frío en el bufete del abogado hubiera sido un truco para ocultar sus verdaderos sentimientos.

–Pero por otra parte...

Marina se humedeció los labios con la lengua.

Al verla, Pietro se excitó tanto que sintió el impulso irrefrenable de besarla, de seguir la dirección de la lengua de su esposa con su propia lengua, de introducirla en su boca y de volver a probar su sabor.

Entonces, ella suspiró y él ya no se pudo contener.

La besó apasionadamente, con una fuerza de la que ni siquiera se creía capaz cuando llegó a la casa. Su sabor, su calidez y su aroma se habían conjurado para hacerle perder el sentido en el espacio de un segundo.

Ni siquiera recordaba por qué estaba allí.

Sólo sabía que se sentía maravillosamente bien y que, de repente, ellos eran lo único que importaba en el mundo.

El sol que entraba por la ventana y los sonidos de la calle se habían apagado. La sangre le hervía en las venas y su corazón latía con tanta fuerza que casi podía oír los latidos. Sólo sabía que quería más.

La quería entera, toda.

Pero poco después, se dio cuenta de que la tensión de su cuerpo había cambiado radicalmente. El calor anterior había desaparecido como todo lo demás, sustituido por un frío tan desconcertante como feroz.

Se apartó de ella y la miró.

Estaba llorando.

–*Maledizione!*

Estaba llorando. Y no pudo recordar cuándo había sido la última vez que una mujer había llorado por su culpa.

–No, Marina...

Justo entonces, pensó que, al igual que le había ocultado sus sentimientos, Marina también le habría ocultado las lágrimas durante su matrimonio.

Y se sintió terriblemente culpable.

–No –repitió–. No puede volver a pasar otra vez... no he venido para causarte dolor. No estoy aquí por eso.

–¿No?

La voz de Marina sonó distante, como si estuviera muy lejos de él.

–Por supuesto que no.

–Entonces, ¿por qué has venido?

Ella puso las manos encima de la mesa, apretándolas con fuerza, para que Pietro no se diera cuenta de que le temblaban.

–Si llevas los documentos del divorcio en esa cartera... –continuó–. Si quieres que los firme ahora mismo...

Pietro asintió.

–Sí, esa cartera contiene los documentos del divorcio. Pero creo que deberíamos sentarnos en algún lugar más cómodo.

Marina se preguntó por qué querría que se sentaran y que firmaran los documentos en otro sitio. Quizás tenía miedo de que se desmayara al ver los documentos, aunque no le pareció posible. Ya se encontraba tan mal que nada podía empeorar su estado.

Sin embargo, asintió e hizo un gesto hacia la puerta por donde se iba al salón.

–Está bien, como quieras.

Pietro giró el pomo de la puerta y ella se estremeció. Había olvidado que había cerrado esa puerta por un buen motivo.

–Aunque pensándolo bien...

Pero ya era demasiado tarde.

Pietro abrió la puerta y entró en el salón. Y al entrar en el salón, vio la maleta que ella había dejado allí una hora antes.

Él se detuvo en seco.

–¿Una maleta?

Pietro se giró rápidamente hacia ella y añadió:

–¿Es que te vas?

Marina no estaba preparada para decirle la verdad, de modo que se limitó a decir:

–Es obvio que sí.

–Pero ¿adónde?

La segunda pregunta de Pietro era aún más difícil de contestar que la primera.

–Yo...

Entonces, Pietro vio la carpeta que estaba junto al equipaje. La carpeta que contenía los detalles del vuelo y el billete que había impreso tras comprarlo por Internet, inmediatamente después de saber que se había quedado embarazada.

–Pietro, yo...

Marina quiso impedir que Pietro abriera la carpeta, pero también llegó tarde. Pietro la abrió, miró los documentos que contenía y se giró hacia ella con una expresión de incredulidad absoluta.

–¿Sicilia? ¿Vas a Sicilia?

Ella no dijo nada. Sólo fue capaz de asentir.

–¿Por qué?

Marina tuvo que hacer un esfuerzo para no llevarse las manos al estómago, al lugar donde llevaba a su hijo.

Sabía que tendría que decirle la verdad en algún momento. A fin de cuentas, Pietro era su padre. Además, ésa era la razón por la que había comprado un billete de avión para viajar a Sicilia. Pero todos sus planes se vinieron abajo cuando Pietro se presentó en la puerta de su casa con aquella cartera de cuero.

Con grandes dificultades, mantuvo la calma y cambió de conversación.

–Dijiste que tenías un motivo para venir a verme. Que me habías traído algo que yo tenía que ver.

Él la miró en silencio, consciente de que no había contestado a sus preguntas. Caminó hasta el sofá y, durante un momento, pareció que tenía intención de sentarse en él. De hecho, hasta dejó la cartera en la mesita.

Pero no se sentó.

–Bueno, no es exactamente algo que tengas que ver.

Marina lo miró con sorpresa. Estaba tan nerviosa que las piernas le flaquearon y no tuvo más remedio que tomar asiento.

–En realidad he venido a pedirte algo.

–¿A pedirme algo?

Él asintió.

–En efecto. Como ya has imaginado, esa cartera contiene los documentos de nuestro divorcio. Están preparados. Sólo tienes que firmar.

A Marina se le hizo un nudo en la garganta. Se alegró de haberse sentado, porque de otro modo, se habría desmayado irremisiblemente. Al parecer, Pietro estaba a punto de destruir sus últimas esperanzas.

–Si es lo que quieres... –continuó.

Querer. Marina ni siquiera sabía lo que quería.

Desesperada, se puso las manos en las rodillas para disimular su temblor. Estaba tan cerca de él que podía sentir su aroma, increíblemente cálido, y distinguir hasta el último detalle de sus ojos azules.

Pero en ese momento tenía que concentrarse en lo que Pietro le estaba diciendo, no en lo que Pietro le hacía sentir.

–¿Es lo que quieres?

Pietro le lanzó la mirada más penetrante que le había dedicado nunca. Una mirada tan directa y firme que se estremeció bajo su impacto.

–¿Es lo que quieres?

Esta vez, Pietro pronunció la pregunta con dureza, enfatizándola de tal modo que Marina se sintió atrapada. Fue como si el mundo hubiera desaparecido de repente y sólo hubieran sobrevivido ella, Pietro y todo lo que Pietro había significado para ella.

Todo lo que aún significaba.

Pero el miedo todavía la dominaba hasta el extremo de dejarla sin voz. Sencillamente, no podía hablar.

–Está bien, te facilitaré las cosas –dijo él con una voz súbitamente dulce–. Si por mí fuera, sacaría esos documentos y los rompería en mil pedazos.

Marina se sintió mareada, perdida. No podía creer lo que había oído. Sólo pudo mirarlo a la cara, intentando adivinar sus pensamientos.

–Marina, no me quiero divorciar de ti. He intentado vivir contigo, he intentado vivir sin ti... y ya sé lo que prefiero.

Ella sacudió la cabeza.

–Pero...

–Déjame hablar, por favor.

–Está bien.

–Desde el momento en que entraste en el bufete de abogados, me sentí como si mi vida hubiera empezado otra vez. O como si hubiera estado dormido durante dos años y hubiera despertado de repente. Volvía a vivir... volvía a vivir con plenitud, con la plenitud que sólo siento contigo, con la mujer que...

Para asombro de Marina, Pietro sonrió.

–Con la mujer con quien me casé, con la mujer con quien viví antes de que las dudas y los temores se interpusieran entre nosotros. Antes de que perdiéramos a nuestro hijo.

Él se detuvo un momento y se pasó las manos por el pelo.

Marina supo lo que iba a pasar. Supo lo que iba a decir. Y supo que debía ser ella quien lo dijera.

–Antes de que te expulsara de mi vida y me escondiera de ti –declaró ella de repente–. Antes de que te hiciera sentir que ya no te quería.

Marina supo que lo había sorprendido. Lo supo porque su marido cerró los ojos un momento y echó la cabeza hacia atrás.

Pero después, Pietro respiró hondo y ella también supo que no había terminado de hablar.

–He venido a Londres para luchar por la mujer de la que estoy enamorado. He venido a Londres porque nunca he dejado de amarte, ni siquiera cuando estaba convencido de que el divorcio era la mejor solución.

–¿Es que ya no lo crees?

Pietro sacudió la cabeza.

–No. Sólo me divorciaría de ti si no te puedo hacer feliz. Pero eso sólo lo sabes tú –respondió–. Porque tu felicidad es lo único que quiero.

Marina dejó que continuara.

–He venido a preguntarte si puedes olvidar el pasado. Sólo te ruego que pienses detenidamente tu respuesta... Te doy mi palabra de que las cosas serán distintas esta vez. Si nos pudiéramos concentrar en las cosas buenas, si pudiéramos dejar a un lado nuestras dudas, podríamos tener un futuro juntos.

Una vez más, Marina supo que debía hablar. No podía dejarlo solo en ese momento. Ya había cometido un error demasiado grave en el pasado al convencerse de que su marido era tan fuerte y tan frío que no sentía nada. Ahora sabía que, bajo su apariencia implacable, se escondía un hombre de gran corazón.

–Yo puedo –dijo ella.

–¿Estás segura de que...?

–Sí. Yo puedo. Debería haberlo hecho al principio, debería haber acudido a ti y haberte concedido el beneficio de la duda. Eras mi esposo y había jurado estar a tu lado en la salud y en la enfermedad, en los tiempos buenos y en los malos. Debí saber que eras de la clase de hombres que guardan fidelidad a esos votos.

Los ojos de Pietro se oscurecieron y Marina fue perfectamente consciente del efecto que habían tenido sus palabras. Sólo lamentó no haber sido sincera con él en el pasado. Pero no había sido capaz. Perdió el rumbo cuando perdió a su hijo.

–Sin embargo, me sentía tan mal y tenía tanto miedo... Me convencí de que sólo te habías casado conmigo por el niño.

–Te habría pedido el matrimonio de todas formas. Tu embarazo me obligó a adelantarme, pero te lo habría pedido de todas formas –dijo él, emocionado–. ¿Cómo no te lo iba a pedir? Me enamoré de ti a la primera de cambio. Me enamoré y supe que ya no había vuelta atrás, que el único camino era hacia delante, juntos.

–Pero nosotros...

Pietro se acercó de repente y la acalló con un beso en los labios. Fue un roce apenas perceptible, una simple caricia, aunque suficiente para que ella se quedara inmóvil.

–Si no te hubieras quedado embarazada tan pronto, habría esperado un tiempo, pero al final, te lo habría pedido de todas formas –insistió él–. Habías entrado en mi vida y no te quería perder.

–Debí hablar contigo, debí... pero tú eras un príncipe y yo ni siquiera sabía cómo se debía comportar una princesa –le confesó–. Todo era tan extraño para mí... aquel castillo enorme, los periodistas...

–Y mi madre. Sí, debí hablarte de ella. Pero en lugar de eso, me senté tranquilamente en mi castillo y me concentré en mi trabajo. Y luego, cuando te fuiste, te ordené que volvieras o que te mantuvieras lejos para siempre... supongo que me creí mi personaje.

–¿A qué personaje te refieres? –preguntó, confusa.

–Al del príncipe D'Inzeo, con toda la arrogancia y la estupidez de mis ancestros. Me habías abandonado, pero las esposas de los D'Inzeo no abandonan a sus maridos. Y me dije que sólo tenía que chasquear los dedos para que volvieras corriendo a mi lado... Luego, al ver que no volvías, pensé que te habías casado conmigo por mi dinero.

–Pero si yo nunca...

–Lo sé, lo sé. En realidad, lo supe todo el tiempo. Simplemente, estaba demasiado enfadado y era demasiado obstinado como para admitirlo. Y cuanto más tiempo pasaba, más enfadado estaba. Hasta que me harté y te envié un ultimátum: que volvieras inmediatamente o me olvidaras para siempre.

Pietro rió con amargura y siguió hablando.

–Pero incluso entonces, incluso en los peores momentos, me di cuenta de que no podía vivir sin ti. Quería que volvieras y habría hecho cualquier cosa por conseguirlo. Por eso, cuando nos volvimos a ver y me di cuenta de que todavía me deseabas, mi corazón también volvió a latir de nuevo. Había oído que estabas saliendo con ese Stuart y...

–Stuart sólo es un amigo.

–Y una excusa para mí. La excusa que necesitaba para pedirte que volvieras a Sicilia. Quería hacerte ver lo que habíamos perdido, lo que podíamos volver a tener. ¿Por qué crees que me empeñé en divorciarme de ti cuando sólo faltaban un par de meses para que se cumplieran dos años enteros? Si hubiera esperado dos meses más, los tribunales me habrían concedido el divorcio inmediatamente.

Pietro se detuvo un momento y añadió:

–¿Sabes qué día es hoy? Hoy se cumplen dos años exactos desde que te pedí que te casaras conmigo.

Marina no lo habría olvidado ni en mil años, porque fue el mismo día en que le dijo que se había quedado embarazada.

Pero eso ya no tenía importancia.

Alcanzó la carpeta de cuero, sacó los documentos del divorcio y los rompió en mil pedazos, sin preocuparse por dónde caían. De todas formas, no lo habría visto. Los ojos se le habían nublado porque se le habían llenado de lágrimas.

–Hemos complicado tanto las cosas... –declaró con debilidad.

–No digas eso. Es agua pasada. Lo importante es que estamos aquí, juntos, y que podemos empezar de nuevo.

Para sorpresa de Marina, Pietro se arrodilló ante ella y la tomó de la mano.

–Marina, mi amor, mi vida, mi corazón... eres la única mujer que quiero, la única mujer que necesito, la única mujer que he amado y la única a la que amaré. Puede que perdiera el camino hace dos años, pero lo he vuelto a encontrar. Y ningún camino me interesa si tú no estás a mi lado.

Pietro se detuvo un momento, la miró a los ojos y preguntó:

–¿Quieres volver a vivir conmigo y volver a ocupar tu puesto como mi esposa, mi princesa, mi amor?

–Pietro...

A Marina se le quebró la voz. Pietro sonrió y acarició la alianza de su esposa, que llevaba encima porque nunca había encontrado las fuerzas necesarias para quitársela.

Después, se inclinó sobre ella y besó el brillante metal.

–Casi tengo miedo de pedirte que me ames, pero si todavía llevas ese anillo, supongo que tengo alguna esperanza...

–¿Miedo? ¿Tienes miedo de pedírmelo?

Marina ya no podía permitir que aquel hombre, el hombre al que adoraba, siguiera pasando aquel trago en soledad.

Se echó hacia delante, lo besó en la boca y dijo:

—No tienes nada que temer, mi amor, mi esposo. Sí, por supuesto que volveré contigo. Por supuesto que seré tu mujer y tu princesa... pero por encima de todo, seré tu amor si tú eres el mío. Lo seré hasta el fin de mis días.

Marina apenas había terminado de hablar cuando Pietro se levantó, la levantó y la abrazó con toda sus fuerzas antes de besarla.

Fue un beso tan ardiente, tan puro y tan largo que ella dejó de pensar. Luego, él se apartó lo suficiente para mirarla a los ojos y le acarició la cara.

—Y puede que algún día, si quieres, si lo deseas, tengamos niños... una familia que llene de risas ese castillo tan frío. Una familia que lo convierta en un hogar.

—Un hogar —dijo ella, asintiendo—. Una familia.

Marina se dijo que había llegado el momento. Y no podría haber sido más perfecto.

—Pietro, mi amor, todavía no te he dicho por qué tenía intención de...

—¿De viajar a Sicilia?

—No, de volver a tu lado —puntualizó.

—Pues dímelo.

—No podía ir a ninguna otra parte. Estoy embarazada, Pietro. Me quedé embarazada aquella noche, en Casalina.

Pietro bajó la cabeza y miró el estómago de su esposa.

—¿Embarazada? ¿Cuándo lo has sabido?

—Hoy mismo. El médico me lo confirmó esta misma mañana. Así que me conecté a Internet y compré un billete para esta noche.

—Ibas a volver conmigo... —dijo, asombrado.

—Por supuesto que sí.

Marina alzó una mano y le acarició la cara.

—¿Con quién iba a estar si no? —continuó—. ¿A quién más podría desear en mi vida...?

Pietro la besó otra vez. Pero en esta ocasión fue un beso lleno de cariño y de confianza, fue una promesa de apoyo y de compromiso con el futuro, con independencia de lo que les pudiera deparar.

—Ocurra lo que ocurra, siempre estaré a tu lado —le prometió él—. Siempre que me necesites.

—Y no habrá más puertas cerradas —prometió ella—. Aunque no hubieras venido a verme, yo te habría buscado de todas formas. Quería hablar contigo para disculparme por mi debilidad, por haber desconfiado de tu amor. Cuando lo pensé, me di cuenta de que me había equivocado contigo. Y si no me hubiera dado cuenta entonces, me habría dado cuenta cuando empecé a sospechar que me había quedado embarazada.

Marina besó sus labios y añadió:

—En ese momento, supe que sólo podía confiar en mi marido, en el padre de mi hijo. Y supe que tú eras la única persona a quien podía confiar ese niño y mi propio corazón, porque tú eres el único hombre al que he amado.

—No te preocupes por nada, mi amor. Conmigo estarás a salvo —le prometió Pietro—. Te prometo que el niño y tú estaréis a salvo durante el resto de nuestras vidas.

Acepte 2 de nuestras mejores novelas de amor GRATIS

¡Y reciba un regalo sorpresa!

Oferta especial de tiempo limitado

Rellene el cupón y envíelo a

Harlequin Reader Service®
3010 Walden Ave.
P.O. Box 1867
Buffalo, N.Y. 14240-1867

¡Sí! Por favor, envíenme 2 novelas de amor de Harlequin (1 Bianca® y 1 Deseo®) gratis, más el regalo sorpresa. Luego remítanme 4 novelas nuevas todos los meses, las cuales recibiré mucho antes de que aparezcan en librerías, y factúrenme al bajo precio de $3,24 cada una, más $0,25 por envío e impuesto de ventas, si corresponde*. Este es el precio total, y es un ahorro de casi el 20% sobre el precio de portada. ¡Una oferta excelente! Entiendo que el hecho de aceptar estos libros y el regalo no me obliga en forma alguna a la compra de libros adicionales. Y también que puedo devolver cualquier envío y cancelar en cualquier momento. Aún si decido no comprar ningún otro libro de Harlequin, los 2 libros gratis y el regalo sorpresa son míos para siempre.

416 LBN DU7N

Nombre y apellido	(Por favor, letra de molde)

Dirección	Apartamento No.

Ciudad	Estado	Zona postal

Esta oferta se limita a un pedido por hogar y no está disponible para los subscriptores actuales de Deseo® y Bianca®.
*Los términos y precios quedan sujetos a cambios sin aviso previo.
Impuestos de ventas aplican en N.Y.

SPN-03

©2003 Harlequin Enterprises Limited

La pasión más fuerte
EMILIE ROSE

El aristocrático multimillonario
Xavier Alexandre lo tenía casi
todo: dinero, fama y el amor de
la preciosa amazona Megan
Sutherland. También tenía un
secreto, un error que debía en-
mendar.

Megan tenía su propio secreto,
pero sus planes de futuro cho-
caban con los de Xavier. Y cuando su atractivo amante le reveló
lo que debía hacer para limpiar
el apellido familiar, ella supo que
su destino era decirse adiós. A
menos que Xavier pudiera recuperar su amor, y para hacer eso
debía sacrificar todo lo que había jurado conseguir en la vida.

Sus secretos los obligaron a separarse

¡YA EN TU PUNTO DE VENTA!

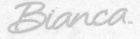

¡Era la oportunidad perfecta para tentarla con lo que había despreciado tiempo atrás!

Alexandro Vallini cometió en una ocasión el error de pedirle matrimonio a Rachel McCulloch, una joven con ínfulas de princesa. Y su rechazo le llegó al alma. Sin embargo, las tornas cambiaron y el destino puso el futuro de Rachel en las manos de Alessandro. Él necesitaba una ama de llaves temporal y ella necesitaba dinero...

Sin embargo, Rachel se había convertido en una mujer muy diferente de la caprichosa niña rica que Alessandro recordaba. Él tendió su trampa, poniéndose a sí mismo como cebo, ¿pero quién terminó capturando a quién en las irresistibles redes del deseo?

Una princesa pobre

Melanie Milburne